UNE FILLE PAS TROP POUSSIÉREUSE

DU MÊME AUTEUR

Les écrivements, Alto, 2018.

Ici, ailleurs, Alto, 2017.

Ça sent la coupe, nouvelle édition augmentée, Stanké, 2017.

« Dans ma face, mon amour », nouvelle dans le collectif *Nu*, Québec Amérique, 2014.

« *What child is this?* », nouvelle dans le collectif *Des nouvelles du père*, Québec Amérique, 2014.

La tendresse attendra, Stanké, 2011 ; collection « 10 sur 10 », 2015.

« La licorne en short shorts rouges », nouvelle dans le collectif *Amour et libertinage, par les trentenaires d'aujourd'hui*, Les 400 coups, 2011.

« Croquez dans ma pomme d'Adam », nouvelle dans le collectif *Cherchez la femme*, Québec Amérique, 2010.

Pavel, série en treize épisodes, La courte échelle, 2008-2009.

Llouis qui tombe tout seul, Stanké, 2006 ; collection « 10 sur 10 », 2009.

Douce moitié, Stanké, 2005.

Ça sent la coupe, Stanké, 2004 ; collection « 10 sur 10 », 2008.

Échecs amoureux et autres niaiseries, Stanké, 2004 ; collection « 10 sur 10 », 2007.

MATTHIEU
SIMARD

UNE FILLE PAS TROP POUSSIÉREUSE

STANKÉ

Catalogage avant publication de Bibliothèque et Archives nationales du Québec et Bibliothèque et Archives Canada

Titre : Une fille pas trop poussiéreuse / Matthieu Simard.
Noms : Simard, Matthieu, auteur.
Identifiants : Canadiana 20190024917 | ISBN 9782760411531
Classification : LCC PS8637.I42 F55 2019 | CDD C843/.6—dc23

Édition : Marie-Eve Gélinas
Révision et correction : Marie Pigeon Labrecque, Sophie Sainte-Marie
Couverture et mise en pages : Clémence Beaudoin
Photo de l'auteur : Julien Faugère

Cet ouvrage est une œuvre de fiction ; toute ressemblance avec des personnes ou des faits réels n'est que pure coïncidence.

Remerciements
Nous remercions le Conseil des Arts du Canada et la Société de développement des entreprises culturelles du Québec (SODEC) du soutien accordé à notre programme de publication.
Gouvernement du Québec – Programme de crédit d'impôt pour l'édition de livres – gestion SODEC.

SODEC Québec — Financé par le gouvernement du Canada | Canada — Conseil des Arts du Canada / Canada Council for the Arts

Les Éditions Stanké
Groupe Librex inc.
Une société de Québecor Média
4545, rue Frontenac
3e étage
Montréal (Québec) H2H 2R7
Tél. : 514 849-5259
www.edstanke.com

Dépôt légal – Bibliothèque et Archives nationales du Québec et Bibliothèque et Archives Canada, 2019

ISBN : 978-2-7604-1153-1

Distribution au Canada
Messageries ADP inc.
2315, rue de la Province
Longueuil (Québec) J4G 1G4
Tél. : 450 640-1234
Sans frais : 1 800 771-3022
www.messageries-adp.com

Diffusion hors Canada
Interforum
Immeuble Paryseine
3, allée de la Seine
F-94854 Ivry-sur-Seine Cedex
Tél. : 33 (0)1 49 59 10 10
www.interforum.fr

À James Dyson.

« Chaque année, en Amérique du Nord,
il se vend plus de 6 millions de mijoteuses. »

Ricardo Larrivée, *La Mijoteuse*

Edwin avec deux *t*

*

Je vous fais une confidence : *plenty of fish in the sea*, ça fonctionne pas mal moins quand les poissons sont morts. C'est que, voyez-vous, je ne suis pas du genre à aborder une fille à moitié décomposée qui flotte entre des bouteilles vides au milieu de l'océan. De toute façon je ne sais pas nager alors je reste sur le rivage.

J'erre en silence (c'est le bonheur), j'observe les embruns s'emparer du ciel, mes joues fouettées par le poudrin malodorant, et je pense aux séduisantes des quatre dernières années, disparues depuis. Tout le monde meurt tout le temps, mais encore plus depuis la fin du monde.

C'est l'après-midi, je crois. Le soleil nous a brisé le cœur depuis longtemps, lui aussi. Je me laisse tomber sur le sable (seul), les yeux dans l'eau, Hélène things you do et tout le tralala, vous feriez quoi à ma place ? Chanter ? Plonger dans l'eau ? Ouvrir une chaise pliante et compter les moutons sur les vagues jusqu'à ce que de battre mon cœur s'arrête ? Je ne sais plus.

*

Quel quatrième mur ? On est à la plage.

*

Ce roman commence par la fin. Par ce moment sur le bord de la mer, en l'an 4 après J.C., alors que j'ai le cerveau empêtré dans mes histoires de cœur du passé récent. Il commence par une éphémère solitude.

Je suis occupé à contempler mon isolement, à me remémorer les amours évaporées, quand je la vois au loin qui marche vers moi, une silhouette aussi floue qu'inespérée, et déjà je sais que je passerai le reste de ma vie avec elle. Un peu parce qu'elle est jolie, mais surtout parce qu'il ne me reste que quelques heures à vivre. On a le romantisme qu'on peut.

J'ai eu peur un moment de rester seul pour la fin, de n'avoir rien à saluer, d'un dernier soupir que personne n'entendrait. Ça n'aurait pas été la fin du monde, j'aurais survécu à ma mort en solitaire, mais savoir que cette ravissante inconnue m'accompagnera jusqu'au bout a quelque chose de rassurant.

Elle avance lentement, pieds nus, les yeux crazy-glués à l'horreur bucolique des nuages gorgés de suie, fondus dans la mer. Sa démarche rappelle les plus formidables top-modèles, sans doute à cause de l'anémie, d'une fracture du bassin mal soudée, de son corps disloqué par l'humidité. Du sable sous ses pieds. Elle a de longs cils gris et le visage squelettique, belle comme une pierre précieuse qu'on aurait polie trop longtemps, aiguisée et sauvage, dix-sept ans peut-être, vingt avec un peu de chance, les orbites crevassées de sel, la colère dans chaque déhanchement, l'impression d'une gomme dans sa bouche mais je sais qu'elle ne fait que mordre sa langue pour ne pas avoir mal ailleurs.

Il n'y a plus beaucoup de bonheur, ici.

Les vagues de la marée montante s'agrippent aux algues mortes pour mieux nous envahir. Avec le jour qui s'est levé, les coyotes, les loups et les vautours ont disparu. Il ne reste qu'un chien, au loin, qui renifle la carcasse d'une mouette. Chaque bruit fait sursauter ma top-modèle, chaque fracas de l'eau sur le sable attire son regard. Elle est horrible et magnifique, sale, difforme et séduisante, et je suis tout aussi sublime. Il y a longtemps que la beauté n'existe plus, ici.

Elle ne m'a pas encore vu.

⁎

Je crois qu'elle a eu peur du chien. Que c'est pour ça qu'elle s'est approchée de moi quand elle m'a entendu tousser, que c'est pour ça qu'elle s'assoit en silence à mes côtés, comme si les angles aigus de mes os qui dépassent de partout pouvaient servir d'épouvantail canin. Ou de distraction. S'il s'approche en aboyant, elle me lancera vers lui, nonosse, good boy, je ne sais pas.

Nous aurions pu, avant, être un tableau de chambre de motel. Assis côte à côte à contre-jour comme si nous nous connaissions depuis toujours, sur la plage comme les couples d'autrefois qui venaient respirer l'océan devant un coucher de soleil, comme les fins de soirée chaudes qui se terminaient en orgasmes simultanés sur du Kenny G, comme la douceur du sable fin qui massait chaque pore, et l'odeur, et le chant des vagues, et le goût d'une lèvre trempée dans la coupe de champagne. Comme. Mais nous sommes les débris d'un effondrement.

Elle ne me parle pas. Elle tremble. Il fait froid depuis un an. Elle porte un vieux Canada Goose par-dessus un vieux North Face par-dessus trois cotons ouatés d'Humeur Design et malgré tout c'est sa maigreur qui frappe le regard. Dix pouces d'étoffe et de plumes ne suffisent pas à la rembourrer, ses pommettes affûtées prennent toute la place – et si je me crevais un œil en me collant sur elle ? Je ne suis pas mieux. Ni en épaisseur de tissu ni en indice de gras corporel. Je porte les manteaux de cinq hommes plus gros que moi, un foulard détricoté par les années. Je tousse.

Nous partagerons sur ce sable noir les restes de nos vies, froids, il y a longtemps que les micro-ondes ne fonctionnent plus. Nos épaules se touchent mais à travers les couches de nylon et de duvet nous ne sentons rien. Il est peut-être l'heure d'un coucher de soleil, peut-être quelque part sur terre reste-t-il une bouteille de champagne, et c'est alors que, cue le violoncelle,

elle retire sa mitaine, me fait signe de retirer la mienne. Nos doigts s'effleurent, un fragment de chaleur. Elle prend ma main. J'ai l'auriculaire dans le vide parce que le sien a été amputé.

Les minutes s'effritent à nos pieds, la mer grappille quelques centimètres quand nous ne regardons pas. J'essaie de ne pas m'endormir mais je suis si bien, nous sommes si paisibles. Il faut que je lui parle.

— C'est quoi ton nom ?

— Eve.

— Yves ?

— Yes. Eve. What's yours ?

Je vais devoir sortir mon plus bel accent anglais pour la séduire. Ou me taire. Les deux sont bons.

*

J'aurais aimé avoir un nom fictif. Quelque chose de sexy, ou d'exotique, Blake Speedracer, Horacio Pantera, Ophélie Winter, Killer Demons. Un nom fictif, une autre vie, peut-être me réveiller dans une galaxie far far away, j'aurais aimé être ailleurs pour ne pas être ici. Mais je m'appelle Matthieu Simard. Comme l'auteur ? Oui, comme l'auteur. La fin du monde a ça de curieux : elle nous confronte à nous-mêmes, comme un miroir qui ne cesse de craquer, et nous finissons par ne voir que nos défauts d'avant, tous les travers des enfants gâtés que nous étions, toutes les fissures dans le confort que nous n'avons plus, le mauvais et le laid que nous étalions dans chaque geste écourté, nos manies modernes qui nous poussaient à vouloir tout voir le moins longtemps possible, veni vidi selfi. À force de nous rappeler le laid que nous avons été, nous voulons ne plus être nous, à la fin. Nous voulons être ce que nous aurions dû être, mais il est trop tard pour le devenir.

(Je sais bien que ce n'est pas très réjouissant, tout ça. Mais vous essaierez, vous, de commencer une histoire de fin du monde par la fin sans tomber dans le sombre. Hein.)

⁎

— I'm Horacio Pantera.

— Really ?

— No. I'm Matthieu. With two Ts.

— I don't care about that.

— Moi non plus.

Il y a dans les yeux de Presqu'Yves le poids de tous les haltères que les musclés ont soulevés au fil des années au Pro Gym sur Hochelaga. Le regard dumbbell de celle qui n'a nulle part où regarder mais qui aurait trop honte d'espérer devenir aveugle. Nous partagerons ce vide jusqu'à nos fins.

Il pleut de ces gouttes noires huileuses qui sont apparues il y a presque deux ans. J'essuie mon front, elle le sien. Entre les tissus percés et la laine humide, frigorifiés, nous observons l'agonie, en vagues étouffantes, nous engloutir une chair de poule à la fois. Presqu'Yves serre ma main le plus fort qu'elle peut. Je colle mon épaule contre la sienne. L'intimité funéraire. Un rare frisson qui ne naît pas du froid ou de la maladie. Ce n'est pas de l'amour mais nous ferons comme si.

Devant, les cadavres roulent parmi les rebuts d'océan. Jusque dans la mort j'aurai manqué d'imagination : des feux de joie éteints par dizaines, des restes humains autour, ils sont tous venus finir leurs jours près de l'eau, un dernier geste mou pour croire que tout ça veut dire quelque chose, une dernière tendresse moelleuse, une dernière solitude collective. Leur romantisme théâtral m'écœure, un grand rôle de décomposition, je ne suis pas différent, je suis venu ici pour le symbole, l'horizon, il faut de l'eau pour qu'il y ait de la vie, je me rends compte de mon ridicule, ça ne veut plus rien dire, lights out, rideau, ovation couchée, et on salue la face dans le sable. J'éclate de rire.

Presqu'Yves sursaute. Elle sourit. Il lui manque une seule canine. Chanceuse. Je ris toujours, les yeux devant, je soubresaute. Elle me pousse de l'épaule.

— Are you drunk ?

— Non. I miss it, though.

L'alcool s'est bu dès les premiers mois, parce qu'il n'y avait rien d'autre à faire que boire. Il y avait à cette époque une euphorie, je vous raconterai, un plaisir de vivre le différent, c'était après le chaos du début et avant l'essoufflement de la fin, les gens ont fait la fête pour célébrer le fait qu'il se passait quelque chose.

— Yeah. Me too.

— Good times.

— Yeah.

Entre les ossements et les chairs moisies mâchées par les animaux, des centaines de bouteilles vides se bercent sur les airs de la mer. Quelques tintements quand elles se touchent. Des bouteilles de vin, de bière, de scotch, par centaines échouées pour nous rappeler que les lendemains de brosse étaient mémorables, que la fête dans le noir des premiers temps avait installé la bonne humeur, la joie, l'amour qui allaient s'imprimer sur les années suivantes.

*

Presqu'Yves n'a pas bougé depuis trop longtemps. Nous attendons que l'autre fasse quelque chose, un geste de plus, un déclencheur, un mot, une balle dans la tête. Je n'ai jamais été très habile dans les premiers pas, j'ai appris à attendre. Alors j'attends. Je serre sa main un peu plus fort qu'elle. J'ai peur qu'elle me lâche.

Elle baisse la tête, expire du sang, grelotte. Il y a du verglas dans ses poumons. De sa main libre, elle agrippe mon visage et le tire vers le sien. Elle m'embrasse comme si j'étais son premier, lèvres maladroites et langue hésitante, elle goûte le métal et mes paupières s'éteignent. Je pose ma main sur sa nuque. Nous étions assis nous sommes couchés, l'un sur l'autre mélangés au ciel et au sable. Nos langues se sont soudées pour que ça n'arrête jamais. Nos mains immobiles sur nos joues engourdies.

Si nous étions dans un chalet, feu de foyer, Doritos, coupe de vin et Tom Jones, les années par dizaines devant nous, si l'électricité, le soleil, l'eau courante, la santé, la nourriture, si tout ça existait encore, j'en resterais là, mes lèvres attachées aux siennes, à peine mes doigts dans ses cheveux, je goûterais cette douceur jusqu'au lendemain. Mais la santé nous échappe depuis trop longtemps et nous n'avons pas le loisir d'étirer nos envies. Je saisis la fermeture éclair de son manteau du dessus, une pause, « yes », souffle-t-elle, je la déshabille, me déshabille, une épaisseur à la fois en alternance, jusqu'à ce que nous soyons nus et que, pendant une fraction de seconde avant que nous nous aimantions, je puisse l'admirer.

Je croyais que la beauté n'existait plus ici mais c'est pourtant ce qu'elle est. La beauté. Ses hanches saillantes qui me serrent comme un étau. Le fossé de ses joues. Le noir de ses yeux. Ses jambes tremblantes qui cherchent un refuge dans le sable. Son flanc creusé par la faim, courbé comme un deuxième service de Stefan Edberg. Sa bouche fissurée. Sa chaleur congélateur. La beauté.

Nous faisons l'amour en grimaçant de douleur, nos blessures d'apocalypse résonnent dans nos os, les fractures oubliées éclatent en nous, les muscles déchirés par le froid, mais rien de tout ça ne compte en ce moment.

Nos corps érodés s'unissent, heureux d'en finir de cette façon. Nous avons l'extase difficile et l'amour endolori, mais parmi les cadavres nous vivons notre plus belle fin du monde, celle que nous n'osions plus espérer.

Elle jouit. Ses ongles dans ma peau bleuie. Je jouis. Nous toussons, un peu de sang, de l'arythmie, la toux, encore, depuis quatre ans la toux.

Nous n'allons pas nous rhabiller. Même pas nous couvrir. Nous sommes venus ici pour mourir, si c'est d'hypothermie, ce le sera. Presqu'Yves ne m'attendra pas, déjà sa respiration s'effrite. Enlacés comme ce couple de la photo, ces squelettes morts en Grèce il y a six mille ans, nous commençons déjà à nous fondre à la roche. Je glisse le dos de mes doigts sur sa joue, elle tente un sourire mais n'y parvient pas. Nous serons ce couple grec, de toutes les générations passées qui nous habitent, ce couple réincarné en nous. L'amour fossilisé dans le sable durci par les millénaires à venir, ils diront quc nous avions l'air amourcux, ils sc tromperont à peine.

Presqu'Yves cesse de respirer. Son sang ralentit sous sa peau, s'immobilise, gèle.

Ce n'est pas la première fille à mourir dans mes bras. On ne s'habitue pas. J'aurais préféré que ce soit moi, cette fois-ci.

Je tiendrai son corps contre le mien jusqu'à ce qu'il refroidisse. Et nous nous effacerons, polis par le vent.

*

Quand j'avais trente ans, j'avais un chien. Le poil noir, une tache blanche près du museau, la peur des écureuils, le bonheur de se faire cajoler par les jeunes filles que nous croisions au fil de nos promenades dans la Petite-Patrie. C'était il y a quinze ans, quand l'apocalypse n'était qu'une inspiration pour nos costumes d'Halloween.

Mon chien s'appelait Edwin, comme le chanteur dont vous ignorez l'existence. À ce moment-là, j'écoutais en boucle, parce que je n'avais pas de goût, sa chanson *Alive*, que j'avais téléchargée sur LimeWire et dans laquelle il répétait *ain't it good to be alive* en traînant maladroitement des cordes vocales. À l'époque, ça me parlait beaucoup, moi qui avais passé mes trente premières années avec une veste de flottaison mal ajustée, moi qui commençais à peine à apprécier le simple fait de respirer. *Ain't it good to be alive*, et je répondais oui en flattant le chien.

Aujourd'hui, je ne saurais pas quoi répondre. Presqu'Yves éteinte contre moi, j'ai peine à sentir mon cœur battre. *Ain't it good to be alive*, me niaises-tu ? Je préfère penser à mon Edwin aux poils noirs qu'à la chanson.

Sur la plage, le chien désapprivoisé a quitté la mouette qui l'intéressait plus tôt. Il s'approche de moi. Il ressemble à Edwin, mon chien pas le chanteur, sans la tache blanche près du museau. Il me fixe dans les yeux. Il grogne, je serai sa chair fraîche du jour.

Il s'approche lentement, puis se plante devant moi. Il attend, la gueule entrouverte, le souffle court. Je n'ai pas la force d'avoir peur.

— Le premier qui survit mange l'autre, OK ?

— Wouf.

Apocalipse, Matthieu rencontre Eve sur la plage, font l'amour et eve meurt, un chien ressemble à son chien.

2 La grande évasion

*

Les filles que j'ai connues entre le début de la fin du monde et la fin de la fin du monde n'ont pas toutes été comme Presqu'Yves. La plupart n'étaient même pas mortes. Certaines étaient moins décrépites, souvent plus complètes que moi. Il y en a eu une dizaine, j'aimerais m'en vanter mais je n'ai pas plus de mérite que de charisme. Elles ne s'amourachaient pas de moi, ce n'était pas comme ça que ça fonctionnait. Elles esquivaient la fin, cette fin qui en nous pourchassant nous incitait à nous rapprocher les uns des autres. Nous étions un tas difforme de solitudes amalgamées.

Une dizaine, mais au commencement, quand presque tout s'est effondré, j'étais seul, célibataire depuis deux jours. Je n'avais même pas encore eu le temps d'écrire un profil drôle-pas-drôle sur Tinder. Seul dans une petite maison, avec beaucoup trop de victuailles, beaucoup trop d'eau potable en grosses bouteilles de plastique, soixante-douze rouleaux de papier hygiénique, sept cents cubes de bouillon de poulet, et une caisse de virgules d'Oxford.

La fin du monde aurait été différente si nous n'étions pas allés au Costco deux jours plus tôt, un mardi matin de juin, Julie et moi.

*

De toute ma vie, je n'ai jamais rapporté une cassette VHS au Blockbuster sans l'avoir rembobinée. Je suis ce genre de citoyen dompté qui saute chaque fois en plein centre du cerceau en feu. Je me disais que la salle de torture des clubs vidéo devait être bien équipée, des clous rouillés, des pinces rouillées, des scies à chaîne rouillées, et j'ai toujours eu peur du tétanos alors je rembobinais chaque fois la cassette.

Je savais qu'un jour j'en récolterais les fruits. Je rembobine comme un dieu. Checkez ça. Moins douze ans d'une shot.

Nous sommes dans le stationnement du Funtropolis à Laval, en l'an 8 avant J.C. (le Jeudi Cinq – vous ne pensiez quand même pas, au début de l'autre chapitre, que ça se passait il y a deux mille ans ?). C'est la première fois que je vois Julie. Les deux fois précédentes ne comptent pas, parce qu'elle ne m'a pas vu ces fois-là, et quand nous allons raconter l'histoire de notre rencontre à nos hamsters, je voudrai que notre coup de foudre soit concomitant.

La première fois, donc. Dans le tumulte des voitures qui s'extirpent ou se glissent entre les lignes blanches, Julie a de la misère à contrôler ses deux neveux hyperactifs. Moi, je viens d'acheter douze mètres de corde à linge. Nous sommes faits l'un pour l'autre.

Mais avant même que je commence à attacher les turbulents à un poteau, un Yukon Denali recule sans se soucier de son environnement, directement vers la tête d'un des deux petits. Aux prises avec l'autre, Julie ne voit rien venir, que le ciel qui poudroie et l'herbe qui verdoie, si bien que c'est à moi de jouer au superhéros, moi qui suis davantage du genre figurant coupé au montage, plus mâle rococo que mâle alpha. Je bondis telle une gazelle amputée de trois quatre membres, roulant avec (pas de) grâce vers le garçon, que j'attrape par la manche. Le Yukon le frôle mais ne l'estropie pas. J'ai un genou dans une flaque de Prestone et une main étampée de garnotte quand je lève les yeux vers Julie, qui bée de la bouche. Je la salue. Notre rencontre comme dans les contes d'hydro, le gars, la fille, l'électricité dès le premier regard. Elle s'approche de moi, empoigne le bras de son neveu fraîchement sauvé, hésite entre l'engueuler et me remercier. Je me relève en laissant échapper un léger grognement, elle pense que c'est mon acrobatie qui m'a meurtri, elle ignore que je suis déjà à l'âge où on ne se lève jamais sans produire quelque bruit involontaire.

— Tu viens souvent ici ? ne me demande-t-elle pas.

— Seulement quand t'es là, ne bullshit-quétainé-je pas non plus.

Nous restons donc là en silence, nous imaginant chacun de notre côté la conversation qui devrait avoir lieu. Les scénarios inventés se jouant à une vitesse bien plus grande que la réalité, nous remarquons à peine la fraction de silence entre nous. Puis TDAH tire les cheveux de Trouble de l'opposition, et le petit flottement surréel qui s'était installé entre Julie et moi s'évapore devant le flot de larmes qui transforme le stationnement en océan.

Julie traîne ses neveux sur le trottoir de béton qui longe la bâtisse, les sourcils en V et la poigne virile. Je les suis en comprenant fort bien que j'ai l'air d'attendre des remerciements, mais c'est plus fort que moi, il y a chez Julie toute la limaille de fer qui m'attire, je m'approche, l'aimant. Elle se tourne vers moi au ralenti et en noir et blanc, me sourit en gros plan. Nous ne disons rien, il se passe quelque chose mais nous n'osons pas le couvrir de mots.

Peut-être que nous évitons de parler parce que nous craignons de ne pas aimer la voix ou l'accent de l'autre, les diphtongues ou les sacres, le choix des mots, un zozotement, un sifflement, une dent croche. Peut-être que nous avons peur de notre propre voix. Peut-être aussi que seule la proximité de nos peaux suffit.

Nous ne dirons rien pendant une dizaine de minutes et nous passerons les huit années suivantes ensemble.

Cette suite, les années qui couleront, c'est le genre de choses que je n'ai plus envie d'écrire. Une relation ordinaire qui mène au Costco. Du bonheur, surtout : nous regarderons des feux d'artifice un soir d'été, tenterons le kayak de rivière une seule fois, graverons « Julie + Matthieu quatrever » sur une table de pique-nique dans un rest area entre une ville et une autre aux États-Unis, survivrons aux crevasses, traverserons les hivers, plierons des draps contour.

Tout ça jusqu'au Costco, un mardi matin de juin, deux jours avant J.C., alors que nous n'avons besoin de rien. Mais nous savons que nous trouverons quelque part sur cette grande surface des choses si nombreuses qu'elles nous forceront à penser outside the box. Besoin de rien, mais peut-être de ceci, et pourquoi pas de cela, et pourquoi cette dame laisse-t-elle traîner son panier en plein milieu de l'allée pendant qu'elle regarde la pile de cahiers à colorier pour adultes, fuck you mandalas, je dépasse tout le temps.

— Je pense que ça nous prendrait une mijoteuse, annonce Julie.

— On en a déjà une. Pis on s'en sert jamais.

— Oui mais elle fonctionne mal. C'est pour ça qu'on s'en sert pas. Ça finit toujours super sec.

— C'est pas ça la fonction d'une mijoteuse ? Sécher la bouffe jusqu'à ce que ce soit pus mangeable ?

— C'est pas supposé. Si Ricardo a fait deux livres là-dessus, ça doit pouvoir être bon.

— Je te parie que Ricardo a jamais fait un plat à la mijoteuse chez lui.

— Oui mais ça serait pratique. On prépare ça avant d'aller travailler, quand on revient c'est prêt.

— C'est justement ça qui me tente le plus, moi, faire saisir une longe de porc avant de déjeuner.

Julie fronce les sourcils, je me tais. Depuis des mois, nous ne gagnons pas. Des centaines de discussions, parfois des engueulades, des chicanes, des frictions, et jamais d'arbitre pour nous dire qui gagne, pas de match nul non plus, que le silence, l'abandon, chacun retourne dans sa tanière.

Ce n'est donc pas parce qu'elle a gagné que je dépose dans le panier la mijoteuse dernier cri trouvée dans l'allée des chaises de bureau. C'est parce que nous sommes fatigués. Je ne crois pas que notre couple survivra longtemps.

*

Depuis des semaines, Julie est distante. Bête, froide, méchante au moins autant que moi. Dans l'auto, nous ne prononçons pas un mot. Je pense que si je parlais ce serait pour l'insulter, l'espoir d'un défibrillateur, me disant qu'une réaction vaut mieux que le vide, mais ce n'est pas vrai. Nous nous éloignons au fil du vide de nos journées. Nous ne disons plus rien qui ne soit pour contredire l'autre, alors nous ne parlons presque plus. Un jour nous voulions des enfants, puis nous n'en voulions plus, la distance, le temps, nous n'en avons plus pour très longtemps. Nous nous laissons dépérir et je ne fais pas grand-chose pour contrer le courant : je suis davantage bois mort que saumon.

Je ne suis pas pressé de rentrer à la maison. Je sais qu'il y aura une engueulade. Je ne sais pas encore pourquoi, ni précisément quand, mais nous crierons un peu, soupirerons, l'air dégoûté de l'autre. Puis comme chaque fois que le ton monte, Julie se réfugiera dans la cuisine pour manger du yogourt avant qu'il soit trop tard, la date de péremption comme refuge, l'apocalypse laitière si on la dépasse. La petite cuillère pour sauver le monde d'une explosion nucléaire à 2 % de matières grasses.

Nous n'avons pas d'enfants mais nous avons deux mijoteuses.

*

Je range la nouvelle mijoteuse à côté de l'ancienne, dans mon bureau parce que la cuisine est trop petite, pendant que ma rugueuse moitié s'observe le nez dans la salle de bain.

— Julie ?

— Oui ?

— C'est parce que c'est exactement le même modèle.

— Quoi ?

— La mijoteuse. C'est la même. On a acheté la même crisse de marde.

— Ben non…

— Comment ça, ben non ? Je l'ai dans la face, là.

— T'es don' ben insignifiant. Pourquoi tu l'as prise, d'abord ?

— C'est toi qui la voulais…

Nous nous rejoignons dans le salon pour nous dire des bêtises pendant une demi-heure. Il n'y aura pas de gagnant, mais ce soir les couteaux sont plus durs, les mots plus acérés, les coups plus vicieux. Nous nous égratignons au sang, cicatrisons à moitié comme chaque fois, mais il restera une goutte sur chacun de nos corps qui ne coagulera pas, comme un point final qu'il faudra un jour essuyer. Ce soir dans le salon nous crions plus fort que d'ordinaire, these go to eleven, et au sommet du volume de nos cris, Julie s'enfuit dans la cuisine, je suis habitué, je ne la suis pas, elle reviendra. Mais elle ne revient pas.

Deux heures passent et je ne crois pas qu'il reste du yogourt et je n'entends plus rien dans la cuisine. J'y vais. Elle n'est plus là. Dans un coin, la céramique du plancher a été enlevée, laissant voir un énorme trou. Julie a creusé un tunnel. Au fil des mois, à la petite cuillère, un tunnel. Et elle m'a laissé, ce soir.

Dans deux jours, alors que je serai seul avec mes deux mijoteuses, la fin du monde commencera.

Avant apocalypse, Matthieu couple avec Julie, début et fin relation et leur relation

3 La fleur de mon péché

*

Comme un titre d'Alexandre Jardin, le dernier, l'autre d'avant, c'est pas important.

*

Si vous saviez à quel point je me foutais de Maude, au début. Principalement parce que Maude était la plante préférée de Julie, qui baptisait ses verdures à mesure qu'elle les achetait, qui les pleurait quand, les pouces arc-en-ciel, elle les tuait par surplus de soins.

— Dans la nature, elles ont pas besoin d'avoir un humain qui s'occupe d'elles toutes les deux minutes, lui disais-je.

— Oui mais c'est une plante exotique. C'est pas fait pour être au Québec. Ni à l'intérieur.

— Ben oui mais là…

— Oui mais quoi ?

— Attache-toi pas trop, mettons.

Julie avait laissé Maude à la maison, promettant de venir la chercher dès le week-end, avec tout le reste de ses choses, brosse à dents, demi-poulet dans le frigo, vêtements, livres, boîte de Prismacolor à moitié vide, souliers. Une petite partie de mon cœur, aussi, mais je ne voulais pas que ça paraisse.

— OK, pas de problème. Je vais m'en occuper d'ici là.

Je n'avais pas l'intention de m'en occuper. À ce moment-là, je ne le savais pas encore, mais cette plante allait devenir mon ballon de volleyball, mon Wilson, pendant quelques mois du moins, mon amie, ma confidente, ma raison de vivre. Ma maîtresse. Arke, non, quand même pas.

*

Au début, on a perdu le WiFi dans nos maisons et les petites barres sur nos téléphones, et déjà c'était la fin du monde. Peu après, presque tout le monde est mort mais on ne le savait pas PARCE QU'ON N'AVAIT PLUS DE WIFI.

Après le WiFi ç'a été l'électricité, elle ne reviendrait jamais. C'était impensable alors nous n'y pensions pas. Avoir su nous n'aurions peut-être pas passé autant de temps à chercher un réseau qui fonctionne, avoir su nous aurions admiré la poésie d'une barre de pourcentage de pile qui rétrécit pour la dernière fois, avoir su nous n'aurions pas joué offline à *Bejeweled Blitz* en attendant que ça revienne.

Puis, cinq, quinze minutes plus tard, étouffant la ville entière, comme Abdullah the Butcher s'écrasant sur un lutteur œuvrant sous son vrai nom, une couverture de poussière s'est déposée sur nous, sur nos maisons, sur de nombreuses vies. Par endroits, trente centimètres de lourdes particules noires et brunes, humides, ailleurs c'était encore plus, d'un seul coup, comme un filet qui nous emprisonnait, un grand fracas sourd – j'apprendrais des semaines plus tard que tous ceux qui étaient dehors à ce moment-là avaient été tués instantanément –, un grand fracas sourd puis des craquements, des maisons qui s'effondraient sous le poids, des tours qui s'écroulaient, des châteaux de sable qui devenaient des tas de sable, poussière de plomb peut-être, des fissures partout.

J'étais dans le salon et je me demandais si j'avais des bougies, des allumettes, au cas où la panne durerait jusqu'au soir. Je n'ai pas compris tout de suite ce qui se passait quand la poussière est tombée. L'après-midi ensoleillé avait disparu en une seconde, tout était sombre, les fenêtres étaient couvertes de cette suie mouillée, le toit avait plié mais n'avait pas cédé. Dans la pénombre je ne voyais pas encore les craques au plafond, sur les murs, le long de tout. Je me suis réfugié sous un cadre de porte, c'est ce qu'on dit de faire en cas de tremblement de terre, mais je n'en étais pas sûr, ce n'était pas plutôt dans la baignoire ? J'ai passé les heures suivantes dans la baignoire, à attendre qu'il se produise quelque chose.

*

Ce n'était pas le moment pour une peine d'amour, alors j'essayais de penser à tout sauf à Julie. Il y avait Maude sur le buffet près de l'entrée. Si cette catastrophe inexpliquée empêchait Julie de revenir la chercher, j'allais devoir m'en occuper. L'arroser. Lui parler. Je ne sais pas pourquoi c'est à elle que j'ai pensé en premier. C'était absurde, parce que ça m'a tout de suite ramené à Julie.

Si nous n'étions pas allés au Costco deux jours plus tôt, Julie et moi aurions vécu cet événement ensemble. Notre couple muni d'une seule mijoteuse aurait survécu au moins deux jours de plus. Nous n'aurions pas été davantage heureux, mais nous aurions eu l'autre pour rationaliser tout ça. Nous nous serions retrouvés dans notre petite baignoire, empilés l'un sur l'autre dans des positions inconfortables, pliés en huit, et je lui aurais susurré au genou que j'étais là, que tout irait bien, qu'il n'y avait rien à craindre tant que nous restions près l'un de l'autre. Et je n'aurais pas écrit ce livre.

*

Ce n'est pas très compliqué, vous verrez. D'un chapitre à l'autre, ce sera la palpitante énumération de mes relations postapocalyptiques. À commencer par la première, avec la plante de Julie, dans son pot sur le petit buffet près de l'entrée.

L'histoire de ma relation avec une plante verte. Je suis rendu là. Vous dire à quel point c'est le dernier livre que j'écris sur les relations amoureuses. Anyway je meurs à la fin.

Quel genre de plante c'est ? demandez-vous. Aucune idée. Une verte. Avec des feuilles. Censée faire une fleur à un moment donné. Je suis si peu ferré en verdure, plus Bob Cole qu'horticole, je n'ai aucune idée de la race de cette plante.

*

C'est le silence qui m'a marqué le plus. Une dizaine de secondes du silence le plus pur, entre la fin des effondrements et le début des cris étouffés. Dix secondes entre le fracas matériel et le tracas humain, la toux, la peur, les pleurs que j'imaginais plus que je les entendais réellement. Dix secondes d'un silence que personne n'avait pu expérimenter avant, comme si aucune onde ne pouvait traverser la couche de suie, comme si un plafond capitonné de studio d'enregistrement nous était tombé dessus, le silence d'une paix qui ne peut durer.

Puis un grondement continu, le mélange sourd des gens dehors, de la panique, des douleurs, rien que je sois capable de discerner, juste un bruit constant, comme un acouphène hors de la maison.

*

— Ça sert à rien de sortir, m'a dit Maude.

— Je sais. Ça fait juste trois jours. Les secours vont arriver bientôt.

— Oui. Pis si on sort...

— Les meurtres, le pillage, le chaos...

— Comme une parade de la coupe Stanley...

— Les orgies, les fractures ouvertes, Julie...

— On est mieux d'attendre ici.

— Oui.

— J'ai soif.

Il y avait un orifice en forme d'Oregon au plafond, dont coulait une goutte d'eau chaque demi-heure. J'avais placé une tasse à mesurer en dessous, l'eau était grise et sentait mauvais. Je ne la buvais pas. Elle était parfaite pour Maude, pleine de minéraux et de cochonneries que j'inventais engrais.

Elle ne s'en plaignait pas.

*

L'espoir saupoudré de déni m'a protégé longtemps. Deux semaines après J.C., j'étais encore convaincu que les secours arriveraient le lendemain. C'est le principe de l'attente à l'urgence des hôpitaux. Le mince espoir que son nom va résonner dans les haut-parleurs dans cinq minutes, et de cinq minutes en cinq minutes, ça fait treize heures qu'on attend, et il n'y a plus aucune chance qu'on parte, pas après tout ce temps.

Puis au bout de treize heures, pour se dégourdir les jambes, on se lève et on va voir l'infirmière à l'accueil.

— S'cusez, je veux pas déranger, mais je veux juste être sûr que je suis pas tombé entre deux chaises…

— Vous avez mal au coccyx ?

— Non.

— Alors vous êtes pas tombé entre deux chaises.

Maude, qui n'était jamais allée à l'hôpital, aimait que je lui raconte la vie d'avant, à l'extérieur. Comment ça se passait au dépanneur quand on demandait un paquet de cigarettes. Comment les gens se précipitaient vers les portes d'embarquement à l'aéroport comme si c'était premier arrivé premier servi. Comment les feuilles des arbres changeaient de couleur avant de tomber. Comment on se sentait quand une fille prenait notre main pour la première fois. Comment le tapis d'aiguilles de pin rebondissait sous les pas quand on s'y aventurait. Comment on se sentait quand une fille prenait notre main pour la dernière fois.

Deux semaines, et déjà Maude et moi étions amis. Elle m'écoutait. Je lui parlais de ces choses qui n'étaient peut-être plus, comme pour les enregistrer dans sa chlorophylle. Je l'arrosais peu, je buvais peu, aussi. J'avais assez de vivres et d'eau fraîche pour longtemps, mais je n'avais pas soif.

*

— Je vais regarder dehors.

— Tu pourras pas voir. Les fenêtres sont couvertes de poussière.

— Je vais en ouvrir une et tasser la poussière.

— Ben non.

— Pourquoi pas ?

— Si c'est toxique…

— On entend toujours des bruits, dehors. Ça peut pas être toxique.

— Ben justement, si y a du monde dehors, ils vont nous voir. Ils vont nous tuer.

— Pourquoi ils voudraient nous tuer ?

— Pour nous manger, peut-être.

— On leur fera peur s'ils approchent.

— Si tu frappes fort sur un deux litres de Coke vide, ça sonne comme un fusil.

— Ben non…

Un deux litres de Coke dans une main, un couteau dans l'autre, j'ai lentement ouvert la fenêtre coulissante du salon. Quelques centimètres seulement, mais la poussière n'a pas bougé. Avec la lame de mon couteau, je l'ai découpée comme on tranche un gâteau, puis j'ai poussé avec le manche la portion taillée. Elle a glissé, huileuse, créant une meurtrière formidable qui me permettait de voir la cour arrière, qui laissait pénétrer une parcelle de jour dans la maison pour la première fois depuis des semaines. Il ne faisait pas soleil, mais la lueur de l'extérieur m'a aveuglé quand même.

Quand ma vue s'est habituée, j'ai enfin constaté l'ampleur de ce qui était arrivé. Cette couverture de suie, partout, comme un fondant sur un gâteau cheap, qui épousait toutes les formes de la ville, aplatissant les plus faibles, menaçant les plus fortes.

— Qu'est-ce que tu vois ? m'a demandé Maude.

— Pas grand-chose. Les maisons des voisins. Y en a deux qui se sont effondrées. Je vois personne. J'entends personne, non plus.

— Ça sent quoi ?

— Rien. C'est gris. Tout est gris. Y a des nuages.

— Les secours vont arriver bientôt.

— Oui.

Les secours, ou Qualinet. J'avais l'impression que nous avions davantage besoin d'un Dirt Devil que de l'arche de Noé.

— Ce qu'il nous faut, c'est une bonne rénovation après sinistre.

— Un coup de balai, un peu de Windex…

— Pis on repart à zéro, avec Joe Bocan pis toute.

— Bon, là je l'ai dans la tête.

Tout allait donc très bien, à part le fait que je parlais à une plante qui avait une toune dans la tête.

*

Ce n'est pas vrai. Rien n'allait bien. Dès que j'ai jeté un œil dehors, dès que j'ai vu l'absence de tout, dès que j'ai senti le souffle court de la nature pénétrer chez moi par la meurtrière, j'ai su que c'était sans doute la fin, du moins son début. La fin de ce que nous connaissions, mais il y avait quelque chose d'un peu réjouissant là-dedans. La fin des communications. La fin des sports professionnels, des restaurants, des jeux vidéo, des funérailles trop propres, des relations virtuelles, des médias traditionnels, des médias crémeux, des chaînes d'emails, de la musique commerciale, des voyages à Punta Cana, des usines de crème solaire, des médicaments, des vaccins, des antivaccins, des êtres humains. Quelque chose d'un peu réjouissant, oui.

Puis m'est venue en tête l'absence de mes proches, ma famille, Julie, les amis, les ennemis. Et j'ai éteint mon cerveau. J'ai refusé leur absence. Ils n'étaient qu'égarés, ils reviendraient. Moi, je n'avais pas le courage de sortir de chez moi pour les chercher, mais eux, eux, ils viendraient. Le déni puissance mille.

Et comme ça, même si je me doutais que c'était la fin du monde, ce n'était pas la fin de mon monde. Je me suis réfugié près de Maude, et je ne l'ai pas quittée d'une racine pendant des semaines.

Je lui ai tout raconté, toute ma vie, toutes les personnes qui s'y sont imprimées. Les amours, surtout. Je verbomotorisais près de ses feuilles, postillonnais sur sa terre, pour ne pas être seul, c'était en attendant que les autres reviennent, les secours d'abord, puis les amis les amours la famille suivraient.

— Tu me crois, hein, Maude ?

— Bien sûr.

— Oui, tu me crois.

*

Trois mois, elle et moi. Flous, sombres et lents, ornés de maux de cœur et de migraines, de tremblements et de frayeurs. Ce n'était pas facile, sans électricité, sans eau courante, ce ne le serait plus jamais, facile, mais ce n'est pas ce que je veux raconter. Il y avait tellement plus que les difficultés techniques. Il y avait le repli sur soi. L'effacement du passé. La projection vers le vide. Toute la chute intérieure, bien plus intéressante que les trébuchements physiques.

Maude m'a permis de survivre aux débuts, de me conforter dans mon attente. Plus je lui parlais, moins elle répondait, mais ça m'importait peu. Je n'avais qu'à parler davantage pour remplir le silence, comme un youtubeur sans abonnés. Elle écoutait parce que j'étais la seule fréquence disponible, tout ce qui me passait par la tête, tout ce qui traversait les murs par les craques, et ça me faisait sauter d'une journée à l'autre sans exploser.

Trois mois à la remplir de ma voix pour me vider de mes idées. Puis j'ai fini par trop lui parler, elle s'est tannée, fanée. Je m'y étais attaché. Je savais bien qu'elle n'était pas immortelle, mais la voir se refermer sur elle-même pour mieux mourir, comme pour me dire que mes histoires ne l'intéressaient plus, me touchait plus que je voulais l'admettre. Elle allait me manquer.

C'était peut-être l'eau grise, sans doute mes mots. Peut-être l'absence de soleil, aussi, horticide involontaire.

Maude n'allait pas fleurir.

Début de l'apocalypse. description. Plante à Julie. Maude est rendu l'ami a Matthieu. Ne sais pas ce qui se passe. attend secours. Peine amour ish

4 Zéro

*

Ce n'était pas tout à fait la nuit, plutôt le crépuscule à longueur de journée. Juste assez de lumière par la meurtrière pour ne pas me cogner les orteils sur chaque meuble, juste assez d'obscurité pour hiberner jusqu'au retour des autres. Il y avait de moins en moins de cris dehors, de moins en moins de gens, j'imaginais, ça laissait de la place pour mes proches, ça leur pavait la voie, une haie d'honneur cadavérique jusqu'à ma porte scellée d'une pâte qui avait durci après la pluie, mon sarcophage de béton Tchernobyl-style, personne ne pourrait entrer ici sans le mot magique.

— Matthieu ? On est là.

Mais ils ne venaient pas, de jour en jour ils ne disaient pas le mot magique.

J'avais offert à Maude des funérailles dignes de rien. Un sac de plastique comme cercueil, monsieur le curé en papier, la mise en bière avec une bouteille de Budweiser vide à la main, une chanson de Fleetwood Mac marmonnée en guise de chant liturgique, et ploc au fond de la poubelle. J'ai pleuré, mais ça devait être à cause d'autre chose.

⁎

Un jour, j'ai manqué d'eau. Mes cruches du Costco et les petites boîtes de jus pour les lunchs de Julie quand elle se sentait enfant, toutes vides, trois mois et quelques jours après J.C. Il avait fait chaud, plus encore que lors des canicules de juillet, chaque jour il faisait chaud, chaque nuit il faisait lourd. Je n'avais jamais soif mais je buvais quand même.

Il me restait l'eau grise malodorante coulant de l'Oregon du plafond, celle qui avait peut-être tué Maude. Il me restait quelques barres tendres, des Life Multigrains, du riz pas cuit, des pois chiches en conserve. Il me restait toute ma bibliothèque à relire, mais il faisait trop sombre.

Le vent s'est levé une nuit, a fait siffler ma meurtrière, une chanson de Neil Young, la tempête. Pour la première fois j'ai cessé de croire aveuglément que je survivrais jusqu'au retour des miens. Toute la nuit, les oreilles giflées par le bruit du vent dans la fente de mon tombeau, j'ai attendu le pire, un verre d'eau grise à la main, n'osant pas y tremper mes lèvres. Mourir empoisonné ou mourir de soif, je ne savais pas ce qui était le plus joyeux. J'ai fini au cœur de la nuit par boire une gorgée que j'ai failli vomir. Puis une autre. Le goût du sang. Des haut-le-cœur comme des vagues hawaïennes. J'ai perdu connaissance.

*

Le soleil s'est levé très, très loin derrière le mur de brouillard, une lueur muette, et le vent a cessé. Je n'étais pas mort.

— Y a quelqu'un ?

Ce n'était qu'une voix féminine, mais quelle voix, d'une douceur flanellette, chaude, orange et duvetée. C'était la première voix que j'entendais depuis si longtemps, je n'y ai pas cru, c'est un pattern, le déni. Ce devait être une hallucination, l'eau grise qui me montait à la tête.

— Y a quelqu'un ?

Cette fois j'y ai cru, c'était trop vrai pour être une invention. On me parlait, et c'était un choc plus grand encore que les trois mois de solitude que je venais de vivre. La solitude, j'y étais habitué, en cette ère climatisée je ne parlais déjà presque plus à personne même avant le Jeudi Cinq. La froideur humaine, les langues glacées depuis des années, les téléphones qui ne servaient plus à s'appeler, Julie et ses silences. Les trois mois avec Maude n'avaient pas été si différents. Mais cette voix orange, tellement vraie, me bouleversait.

J'ai eu peur d'un piège, d'une sirène, celle de la mer pas celle des pompiers, de m'échouer sur un rocher. J'ai déboulé jusqu'à mon deux litres de Coke vide, les jambes atrophiées – j'avais négligé mon aérobie depuis une quarantaine d'années –, j'ai empoigné la bouteille et je l'ai cognée le plus fort possible, trois fois, sur le coin de la table basse du salon. La Voix – celle de l'autre côté du mur, pas l'émission – a éclaté de rire.

— 7Up ou Pepsi ? a-t-elle demandé.

— Coke, ai-je soufflé en m'assoyant en dessous de la fenêtre, dos au mur, pour voir la grenade qu'elle allait lancer dans mon salon.

— Comment t'as fait ?

— Comment j'ai fait quoi ?

— Pour survivre. T'es jamais sorti ? Comment t'as fait ?

— Je suis allé au Costco, juste avant.

— Comme Marouane.

— Qui ?

— Marouane. C'était mon ami. Il a toughé des mois tout seul. De temps en temps, je passais le voir, il voulait pas sortir. Il me donnait des chips de légumes. C'est dégueulasse.

— Comment tu t'appelles ?

— Maintenant il est mort, Marouane.

La Voix s'est mise à tousser comme un grand-père des années 70. Des quintes à n'en plus finir, des morceaux de poumon, du sang, sans doute.

— Ça va ? ai-je demandé comme un épais.

— Non. Mais ça va aller. C'est de même depuis le début. Tu tousses pas, toi ?

— Pas trop. Qu'est-ce qui s'est passé ? C'était quoi ?

— On sait pas. On a jamais su. La police est jamais venue. Les pompiers non plus. L'armée non plus. On les attendait, ils sont jamais venus. On s'est arrangés.

— Vous êtes nombreux ? Vous êtes combien ?

— Dans le quartier, on est encore une bonne gang. Assez pour que je connaisse pas tout le monde. Deux mille, peut-être. Ailleurs, on sait pas. On se déplace pas tellement, on a tout ce qu'y faut ici. As-tu besoin de quelque chose, toi ?

« De toi », ça ne se dit pas vraiment, hein ? Pourtant, c'est ce que je ressentais, à ce moment-là. J'avais besoin d'elle, qu'elle ne s'en aille pas, qu'elle me parle jusqu'à toujours. Elle toussait sans cesse, et la pluie avait commencé à tomber, j'avais peur qu'elle se sauve mais elle ne partait pas. Elle me parlait, de sa voix douce comme des doigts qui cherchent leur chemin dans mes cheveux, elle effaçait mes frayeurs.

J'ai frôlé l'amour souvent, Evel Knievel du cœur, ce jour-là ne faisait pas exception. Je me suis levé, j'ai tenté un regard par la meurtrière mais elle n'y était pas. Que les gouttes lentes et la végétation en tons de gris.

— Es-tu encore là ?

— Oui.

— C'était comment, au début ? J'entendais des cris.

— C'était... c'était laid. Y avait plein de morts, ç'a fait paniquer tout le monde. On voyait rien. J'étais chez une amie, on est sorties tout de suite pour savoir ce qui se passait. C'était fou, comme si le désert nous était tombé dessus. J'ai vu des bouts de gens dépasser, mais c'était impossible de creuser. On s'est mises à tousser, ça s'est jamais arrêté. Y en a qui ont crevé au bout de leur toux. Mon amie, celle avec qui j'étais, c'est ça qui lui est arrivé, après trois jours.

— Je… je suis désolé…

— C'était comme ça. Y en avait tellement, du monde qui tombait, qu'on avait pas le temps de les pleurer. On gardait ça pour plus tard. Moi, je me suis cachée dans un recoin dans un parc, avec une dizaine de personnes, parce que la folie embarquait.

— La folie ?

— Le pillage, la violence. Des caves qui volaient des télés dans les magasins. Y ont l'air fins avec leurs télés maintenant. Des viols, il paraît. Des batailles pour rien. On pensait que ça allait être ça, au début. On pensait que ça allait finir comme ça, au plus fort la poche, un seul survivant. Celui qui aurait décapité tous les autres. Mais ç'a arrêté comme ç'a commencé. Deux jours pis c'était fini. Comme si après deux jours les violents avaient compris que ça servait à rien. Ils gagnaient rien, on était tous en train de perdre. On a rêvé qu'ils étaient partis, qu'ils étaient allés piller un autre quartier, mais on savait bien qu'ils s'étaient juste fondus à nous. On a préféré faire semblant qu'ils existaient pas. On a voulu être heureux, un peu. Ç'a pas pris de temps quand on a compris que c'était ça, notre vie à partir de là. Quand on a su que personne viendrait nous sauver. On a voulu être heureux. Pis survivre, aussi.

Et comme ça, sans loi, sans code, ils se sont forgé un avenir en papier mâché, fragile mais qui tient debout, sur les débris des violences d'avant, un chemin vers la plus grande tendresse, c'est ce que j'entendais dans sa voix entre deux quintes de toux, un chemin vers le plus grand respect.

— Après ça, il y a eu le party. On a bu tout l'alcool des SAQ du quartier comme si c'était une course. C'est pas moi qui ai gagné, mais presque. On fêtait notre survie. On riait, on criait comme des malades parce que ça dérangeait personne. On dansait pas de musique, on baisait pas de capote. On avait toujours mal à la tête, pis ben vite y avait pus d'Advil à la pharmacie au coin de la rue. Y en a qui ont essayé tous les médicaments derrière le comptoir, la plupart ont fini par mourir, anyway c'est tous morts qu'on va finir. Mais c'était trop de party.

— Je... je suis pas sûr que je comprends... Vous...

— C'est pas parce qu'on faisait le party qu'on était heureux. C'était pour faire comme si tout allait bien, parce qu'on était pas capables de dealer avec le fait qu'on avait perdu notre monde. On finissait toujours par brailler comme des bébés, quand les bouteilles étaient vides. Pis on recommençait le lendemain. On voulait s'engourdir. Pus rien sentir parce que c'était trop dur. Après on s'est calmés. Quand on a eu tout bu, on s'est calmés. On a pleuré pendant quatre cinq jours, collés ensemble, tout le quartier, tous ceux qui restaient, on était encore vraiment beaucoup à ce moment-là, on s'est serrés dans nos bras pis on a pleuré. Puis on s'est relevés, on s'est mis à vivre. On a pas réussi à accepter complètement que c'était fini, mais on s'en est rapprochés. Y a encore des jours où je suis sûre que ma mère va revenir. Ça me tient en vie, je pense. Mais ça sert à rien de me rouler en boule non plus. Alors je fais le tour du quartier. Des fois, je vois une fente dans la fenêtre d'une maison, pis je crie « Y a quelqu'un ? » dedans. La plupart du temps ça répond pas. Des fois ça répond.

Tout le monde avait perdu quelqu'un, mais il restait ceux qui restaient. La Voix toussait de plus en plus fort.

— Pis toi ? m'a-t-elle demandé.

— Moi, j'ai tout manqué ça. Je me suis occupé d'une plante.

— Cool.

— Elle est morte.

— C'est pas grave. Veux-tu sortir, maintenant ? C'est safe. On peut te casser le béton, on a des masses, des pics.

— Non, je pense pas… Je… je saurais pas quoi faire. Vous êtes tous habitués, moi, je saurais pas… Je fitterais pas.

— Je vais tout te montrer. T'as pas à avoir peur.

— C'est comme quand j'étais au primaire. En sixième année, j'ai été invité à un party, le premier de ma gang. J'étais trop gêné alors je suis pas allé. Tous les autres sont allés. Après, ils avaient tous déjà dansé une fois, pas moi. J'ai jamais dansé de ma vie, après, parce que je fittais plus avec eux. Là vous avez tous déjà dansé. Je suis mieux ici.

— Comment tu t'appelles ?

— Matthieu.

— Je te forcerai pas, Matthieu. Tu peux rester chez toi. Je peux même t'apporter de l'eau. Un peu de nourriture. C'est comme tu veux. Mais dehors, c'est pas si pire. Ça vaut la peine.

J'en avais envie, bien sûr. Cette voix, cette toux que je voulais apaiser en plaçant ma main contre son dos, cette douceur douleur. Il n'y avait rien qui me retenait en dedans, que la peur d'être perdu dehors. Et pourtant, j'hésitais. Il pleuvait, je n'avais pas de parapluie et dehors j'allais comprendre que ma famille ne reviendrait jamais.

La Voix a toussé une fois de plus.

— Viens danser avec moi, Matthieu. C'est facile quand y a pas de musique, tu vas voir.

3 mois depuis début apocalypse, Maude morte, premier contact humain, elle lui explique c'était comment le monde dehors, pense sortir de sa maison, À vivre avec nourriture Costco,

La voix

*

J'ai serré les mâchoires.

Nous avons marché et dans ma tête c'était la trame sonore de *Dead Man*, j'étais en noir et blanc, nous étions tous en noir et blanc, des cowboys postmodernes, peut-être que le gars assis à la table d'un café, mort le visage écrasé dans une assiette de poussière, c'était Jarmusch, peut-être aussi un Gilbert qui n'avait jamais réalisé un film sauf une vidéo de party de Noël avec sa Betacam en 86. Nous avons marché main dans la main, la Voix et moi, elle me tirait et je suivais, un pied, parfois un mètre au-dessus du niveau du sol, par-dessus les écrasés du début, des bosses dans le béton fraîchement tombé, chaque fois un corps en dessous, des dos d'Anne, nous survolions la catastrophe et je respirais les relents d'indifférence de la Voix, ses yeux bleus comme le ciel qui n'existait plus, sa peau grise comme le ciel nouveau.

Nous avons dépassé une vingtaine de macchabées en file devant chez Régine. À côté, les ruines de mille commerces. Plus loin, des embouteillages inutiles aux intersections, et pourtant certaines portions de rue, de trottoir, avaient été déblayées. Tout autour, des silhouettes humaines, derrière les vitrines, de l'autre côté de la rue, autour de nos pas, et chaque fois j'imaginais Gene Parmesan se tourner vers moi en souriant, mais chaque fois c'étaient des morts figés dans l'histoire.

— Habitue-toi. Des cadavres tu vas en voir partout.

*

J'ai serré les mâchoires jusqu'à ce qu'elle m'embrasse.

Il paraît qu'il est préférable de dire que les deux s'embrassent, c'est plus engageant pour le lecteur, plus feel-good, mais dans ce cas-ci ce serait mentir. Nous ne nous sommes pas embrassés. Elle m'a embrassé pour s'assurer que je ne réfléchissais pas trop. J'étais tenté par une chute vers le dégoût, vers la fascination macabre, vers le découragement et les questions sans réponses, mais ses lèvres gercées qui s'attachaient aux miennes me maintenaient à la surface.

Elle m'a initié à leur brouillard, analgésique collectif, anesthésie générale. Parler le moins possible. Se toucher le plus possible. Survivre dans le creux de l'autre, peu importe lequel, pour ne pas penser aux disparus.

— On va jamais les oublier, mais dans notre genre de coma artificiel, on y pense pas trop. C'est comme ça qu'on arrive à être bien.

Elle avait l'air heureuse. Au milieu des restes humains et des décombres éparpillés, elle réussissait à sourire. Nous avons marché sur Beaubien jusqu'à la Source.

— C'est là qu'on se tient. L'eau est bonne. Y a une serre à côté, où on fait pousser des choses. Tu vas voir, le monde est gentil.

Ce n'est qu'en arrivant à la Source que j'ai vu d'autres vivants. J'étais le plus propre, je me suis senti mal, j'ai voulu m'en aller. La Voix m'a retenu par le bras en riant.

Ils étaient sales. Ils toussaient, parlaient peu, laissaient promener leurs doigts sur la peau des autres. Du sang séché, des égratignures, les cheveux laineux, ça allait me prendre quelques jours avant de les trouver beaux. Des hommes, des femmes, vieux et jeunes, trois ou quatre enfants dans les jambes de leurs parents, assis autour de l'étang, qui m'ont vu arriver au bras de la Voix et qui n'ont pas réagi. Je me suis assis quand elle m'a dit de m'asseoir.

La Source était apparue près de Papineau deux semaines après le Jeudi Cinq, dans un énorme fracas. Un cratère s'était formé sur les lieux d'un ancien RadioShack, s'était rempli d'une eau plus claire, plus pure que la voix de Debbie Gibson.

J'ai bu. Ça m'a coulé partout parce que j'avais de nouveau les mâchoires serrées, mais ce n'était pas grave, il faisait chaud. À côté de moi un adolescent illuminé de taches de rousseur ronflait. Il y avait quelque chose de paisible autour de la Source, comme si personne d'autre que moi n'avait peur, comme si tous les malheurs étaient passés et qu'il ne pouvait plus rien arriver de difficile. À part mourir, mais il semblait que c'était accepté.

J'ai desserré les mâchoires quand la Voix m'a attiré vers elle et m'a embrassé encore.

*

J'avais passé les trois mois précédents sans le moindre contact humain. J'allais passer les prochains jours enfoncé dans une fille et l'autre, et l'autre, sans m'en rendre compte. Mon initiation à ce nouvel univers. Fin du monde 101 – cours pratique. Le cerveau comme l'atmosphère, dans un brouillard épais, je me suis laissé bercer dans le sexe sans questions, enseveli comme les autres dans un déni astronomique qui alimentait l'avenir. Je me souviens vaguement des cinq premières filles, d'un certain malaise parce que je n'étais tellement pas courailleux de nature.

La première, c'était la Voix – je le précise pour les plus lents en arrière. Pendant une dizaine de jours, dans une maison, dans un parc, dans les restes d'un resto, dans un hôtel sans chambres, tant que les structures tenaient assez debout pour que nous puissions nous coucher, nous avons reconstitué tous les films de cul des années 90. Nous avons baisé en 4:3, un peu flous, transpirants, juste assez vulgaires pour que je ne me questionne pas, juste assez tendres pour que ça fasse du bien. Nous ne nous sommes pas demandé si nous nous plaisions, nous ne voulions que nous toucher, nous rassurer, nous réchauffer l'intérieur pour trouver en nous des atomes d'humanité.

La Voix ne me parlait que pour me détailler le fonctionnement de la communauté, la nourriture, les vêtements, l'hygiène, toutes ces choses secondaires. Je lui répondais oui, enfoui dans sa chair de poule.

Puis ça s'est terminé. Sans questions, sans explication. Sa mission était de sauver les enfermés. Quand elle a senti son passé poindre dans la routine étrange qui s'installait entre nous, elle est partie chercher d'autres meurtrières dans d'autres maisons et ressusciter d'autres morts vivants. De mon côté, je suis parti chercher un autre calorifère sensuel. J'étais devenu un membre du nous. De ce que les habitants du quartier étaient. Je n'étais pas moi, mais personne n'était ce qu'il avait l'habitude d'être, alors c'était parfait.

Collectivement, nous étions convaincus que nos proches n'étaient pas morts, qu'ils étaient seulement loin. Au point de les oublier, peu à peu, de nous vautrer dans un bonheur relatif en attendant. Même quand l'un de nous mourait, nous n'y croyions pas vraiment. Il disparaissait parmi les autres, il reviendrait en même temps. Party d'aveugles. Nous avons perdu la tête comme on perd son compte de taxes municipales : volontairement. Nous nous sommes construit un genre de paradis par-dessus les fragments incomplets de notre deuil. Il fallait survivre, nous avons choisi de le faire en simulant des sourires. Avec optimisme. Peut-être qu'à Toronto ils se lamentaient constamment, qu'à Vancouver ils s'entretuaient. Ici, on s'embrassait.

*

La deuxième ressemblait à la fille dans le vidéo de Robert Palmer, pas celle-là, l'autre, mais moins cossue, plus champêtre. Elle avait un fort accent ou une fracture de la mâchoire, elle embrassait mal mais moi aussi, nous sommes restés nus pendant deux jours dans un magasin de meubles, 50 % sur TOUT TOUT TOUT, allongés sur un matelas semi-ferme, à attendre que quelqu'un vienne laisser tomber une boule de bowling à côté de nous et qu'on ne ressente rien.

Nos ébats n'étaient rien pour écrire à sa mère – « Chère maman, très peu de doggy style » –, mais ils servaient parfaitement la cause : construire dans nos milieux humides tous les remparts contre les dangereux souvenirs.

On avait déjà carpé le diem d'avant, il ne s'agissait plus de ça. Les morts étaient morts, les mourants le seraient bientôt, nous allions suivre. Il ne s'agissait plus de profiter du présent, seulement d'y survivre. C'est pour ça que nous nous élancions dans les bras des premiers venus, que nous enlacions les premières venues. Pour survivre encore un peu, dans la chaleur créée par les frissons de l'autre, les poils hérissés entremêlés, le velcro de nos bras, de nos jambes, de nos intérieurs aussi.

J'ai eu mal au dos.

— Ce qui est plate avec tout ça, c'est que j'ai pas moyen de voir mon ostéo, ai-je dit.

— Ma sœur est morte d'une pneumonie avant-hier.

J'ai eu moins mal au dos, soudainement.

La guitariste de Robert Palmer s'est tannée de moi avant que je me tanne d'elle. Elle est descendue du matelas sans dire au revoir, a quitté Meubles Papineau, set de cuisine 5mcx 195 $ WOW, et je ne l'ai jamais revue. Je me suis rhabillé pour mieux me déshabiller de nouveau.

*

La troisième était une religieuse. Folle, laide et terriblement intéressante.

Je décris peu l'apparence de mes partenaires parce que, à ce moment-là, ce n'était pas important. Un pouce de poussière dans les cheveux, ça remet tes standards de beauté en question. Elles avaient toutes des blessures, des éraflures, des taches de vomi, des croûtes de sang, le teint morne et des vêtements qui n'étaient pas les leurs. Ce qui faisait qu'on se retrouvait avec l'une ou l'autre, c'était le timing, le besoin, le regard, un déclic, un frisson.

Avec sœur McGarrigle, j'ai vécu ce timing, ce besoin, ce regard, ce déclic et ce frisson un lundi en début de soirée, ou un jeudi, je n'en avais aucune idée. Ce soir/jour/matin-là, j'avais suivi un chat maigrichon dans une ruelle bordée d'arbres éviscérés – je suis nul en horticulture, je l'ai déjà dit. Les clôtures de cèdre des cours arrière gisaient sur le sol et, là, sur le terrain du voisin de quelqu'un, un trampoline trônait, fier, propre, comme s'il avait évité la catastrophe. Mais ce n'est pas le trampoline qui a attiré mon attention, c'est sœur McGarrigle qui y sautait avec allégresse en chantant *Le Dernier Astrobus pour Vénus – Maria Chapdelaine de l'an 2000 tricote des scaphandres dorés blindés* –, sans se soucier du fait que je l'observais. Elle me fixait droit dans les yeux, sans sourire, et chantait d'une voix faible mais juste, chantait comme une échalote et ses marcs drouins.

Nous avons baisé violemment sur le trampoline, culbutes, sauts périlleux, fractures du péroné, traumatismes crâniens, et une petite irritation de la peau du coude. Quand nous avons enfin cessé de rebondir, nous avons parlé. De Dieu, de la bible, du ciel et des péchés. Du blé d'Inde. Des extraterrestres. Des chevaux.

Elle a été la première avec qui j'ai aimé parler, parce que nous parlions de tout sauf de nous. J'aurais passé des années à débattre entre nos ébats avec cette déesse de moins en moins hideuse, mais elle est morte au cours de la nuit qui a suivi notre rencontre.

Ce sont des choses qui arrivent.

*

La quatrième était britannico-germanique et ne s'intéressait pas à moi. Je m'étais assis près d'elle aux abords de la Source, et son petit look Martine Rouzier m'avait inspiré une observation météo.

— Ça fait deux jours qu'il a pas plu, avais-je pick-up-liné comme un champion.

— True.

C'était (dans la) poche. Quelques minutes plus tard, notre désir de chaleur et notre besoin d'aveuglement nous avaient menés dans le cabanon d'une maison adjacente. Entre les ironiques sacs de béton et un arrosoir vide et bleu, nous avons consommé notre pas-de-passion en silence. Elle détournait le regard, ça me convenait, je laissais ma peau adhérer à la sienne, nos respirations synchronisées. Chérie, fais-moi l'indifférence.

J'ai senti que je ne pourrais pas continuer comme ça, à cumuler les faux frissons et les couvertures de chair. J'avais besoin de plus, ou de moins. Ce genre de choses dans ce genre de circonstances ne s'accepte pas en une seconde, mais la semence du doute était maintenant en moi. Bechdelle Wallace, c'était son nom, a feint l'orgasme, je l'ai imitée. Nous sommes retournés à la Source, où elle s'est empressée de ne pas m'adresser la parole et d'entamer une conversation avec une autre fille, au sujet de n'importe quoi tant que ce n'était pas moi.

⁎

La cinquième est née du doute, qui avait pris racine en moi après la mésaventure Bechdelle. J'émergeais de la brume, je me déposais dans ce nouvel univers, et je me rendais compte que je n'avais peut-être pas besoin de toute la chaleur d'un seul coup. Je ne planifiais pas de mourir dans l'immédiat et il me semblait que j'étais capable de déni sans que le sexe prenne toute la place.

Puis j'ai reconnu Laurence, qui ne me connaissait ni d'Ève ni d'avant, mais que, moi, je connaissais du temps où il restait du WiFi. Laurence, ex-instababe au million d'abonnés, dont au moins sept étaient de vraies personnes, un esprit sain dans un corset. Si elle écrivait un roman, elle y dirait que je suis laid, que je ne corresponds pas du tout à ses standards de beauté, mais qu'avec un pouce de poussière dans les cheveux personne n'est plus attirant qu'un autre. Qu'à ce moment-là nous voyions tous au-delà de la beauté. Dans les faits, Laurence n'était pas plus mon genre que j'étais le sien, armée de ses seins Natrelle Inspira, de ses lèvres format Hygrade, de ses tatouages de banlieue et de ses extensions de cils à moitié décollées.

Rendu où j'étais dans mes réflexions, j'aurais pu m'éclipser, ne pas échanger de regard avec elle, mais ses vêtements sales, déchirés et trop grands, ses yeux tristes de régionale loin de son monde, prise ici à cause d'un maudit café avec une amie qui ne s'était même pas pointée, m'ont attiré.

Elle était une des seules survivantes à laisser voir sa faiblesse. Je me suis approché de sa tristesse, j'ai voulu la consoler comme si je m'y connaissais là-dedans, j'ai voulu l'envelopper de la dentelle de mes paroles, words from Fashion Nova, tout croche bien sûr.

— Je te connais.

— Euh…

— T'étais sur Instagram.

— Oui. Mais je suis pus rien, là.

— On est tous pus rien. C'est pas grave. Y a des bons côtés.

— C'est toi qui le dis.

— Pour vrai. Y a des bons côtés.

— Comme quoi ?

— Ben… Je sais pas… Y a pus de maringouins.

Y a longtemps qu'on fait de la politique, vingt ans de guerre contre les moustiques. C'était so-so, mais j'ai réussi à lui arracher un microsourire craquelé par la déshydratation, assez pour que je donne une dernière chance au stupre comme masque de la réalité.

Nous avons marché longtemps côte à côte sans nous toucher, repoussant le moment où mes tatouages feraient le saut en rencontrant les siens. Elle me demandait de lui énumérer d'autres bons côtés à ce qui arrivait, j'en inventais du mieux que je pouvais – ça ne servait plus à rien de réparer le toit du stade, on n'avait plus besoin de faire nos impôts, il n'y avait plus de problème de textos au volant, Goodreads n'existait plus –, elle souriait mais c'était peut-être un vestige de politesse.

Puis nous avons trouvé un restaurant Apportez votre vin plutôt romantique, avec une jolie carte des desserts, et nous nous sommes mis à table. Nous avons passé la nuit là, enveloppés dans des nappes, sans dire un mot. Quand la lueur étouffée du soleil nous a réveillés, nous sommes partis chacun de notre côté, sachant bien que nous nous retrouverions à la Source, sachant aussi que nous ne nous parlerions plus.

*

C'était la fin de mon rebound face à l'existence. La fin de ma pulsion primitive, de mes one-nights incolores, de ces jeux de player, game over.

Il me fallait plus. Le frisson forcé ne me suffisait plus, je devais trouver quelqu'un, quelqu'une qui voudrait m'accompagner jusqu'à la fin, la sienne ou la mienne, quelqu'un, quelqu'une qui comme moi ne se contenterait pas de voir le sexe se démocratiser parce que tout le monde a peur.

J'avais, grâce à mes cinq premières, compris que la sixième, la septième, les suivantes ne seraient pas les premières venues. Qu'elles pourraient être laides, grandes, rondes, maigres, vieilles, jeunes, vulgaires ou timides, elles seraient avant tout importantes.

Il y aurait du cul, mais il y aurait aussi de l'amour. Mets ça dans ta pipe, Jardin.

Rencontre monde Jardin. la voix a comme but de rassembler les survivants à la source. Secte avec 5 personnes.

6 Ta sœur

La nuit, les éclairs des orages distants, toujours distants, nous prenaient en photo, le temps de nous laisser voir que nous étions sales, que nous le serions jusqu'à la fin. Prendre un bain n'existait plus, comme des milliers d'expressions.

J'ai voulu dans l'obscurité discuter avec tout le monde autour de la Source. Pour la première fois, je leur ai parlé sans l'objectif de les toucher, pour la première fois, je me suis contenté de respirer avec eux, pour savoir si l'apesanteur qui gangrenait mes vaisseaux sanguins n'appartenait qu'à moi. Il m'a semblé que oui. Ils se suffisaient l'un à l'autre, alors qu'il me manquait quelque chose qui m'attacherait au sol. Je les ai quittés, leur promettant des retours fréquents.

Puis j'ai marché vers chez moi, une cruche d'eau sous le bras, un sac de légumes accroché à la ceinture, le jingle de Distribution aux consommateurs dans la tête. Un peu partout la végétation avait commencé sa lutte contre le béton. Dans les fissures, dans les faiblesses, des tiges effleuraient l'air libre, du vert pâle, de la vie encore plus pâle. Les arbres fabriquaient des bourgeons même si ce n'était pas le printemps. Des fourmis s'aventuraient dans les débris. Les animaux reprenaient la nature, leur nature, et les plantes l'espace, leur espace. Cette fois-ci, ils ne laisseraient de place pour nous que celle d'une certaine humilité.

Sur Beaubien près de Chateaubriand, un coyote s'est approché de moi, le regard triste mais les yeux lumineux – les mêmes yeux que ceux de la sœur de ma première blonde. Dans un creux du trottoir, j'ai versé une flaque d'eau fraîche. Il a bu. Puis il m'a suivi jusque chez moi. J'ai vu l'entaille sur son flanc, le sang séché, et j'ai compris qu'il n'y avait pas de hasard. La horde d'abandonnés que nous étions n'avait pas survécu grâce à la chance. Nous avions été choisis pour nos blessures.

Nos tentatives de suicide, les attouchements de nos oncles, les violences, l'abus, l'intimidation, la solitude, nos maladies, nos dépressions, nos meurtrissures d'avant. Nous les avions tous en nous, collectivement, rien ne s'effacerait, mais la fin du monde nous mettait tous sur la même ligne de départ.

Les déchirures en chacun avaient été reléguées derrière la survie et, en même temps, avaient été dénudées. Ce n'était pas le moment de juger les autres, de nous sentir jugés, de maquiller nos cicatrices. Ils m'avaient tout raconté, l'un après l'autre, au bord de l'eau, je leur avais raconté mes crevasses aussi.

*

Le coyote s'est assis devant la porte de ma maison. Il m'a souri. Je l'ai flatté.

— Tu sais quoi, coyote ? On est bien comme ça.

— …

— Avant, c'était compliqué. On avait le temps de s'en faire avec tout. On avait l'énergie de s'énerver pour rien. On avait les ressources pour se mettre dans la marde tout seuls.

— …

— Maintenant, on a plus rien de ça.

Devant l'obsolescence programmée de l'humanité, tout m'apparaissait soudainement simple. Des brins d'herbe. Un coyote aux yeux lumineux. Des désirs imprécis, des souhaits sans attentes. L'espoir d'un toit qui ne fuit pas trop. D'une couverture pas trop humide. D'une fille pas trop poussiéreuse.

J'ai flatté le coyote pendant des heures, il s'est endormi sur le pas de ma porte.

*

C'est DAC.

Réalise qu'il ne veut pas juste du sexe. Commence à parler avec les survivants et rencontre un coyote qu'il compare à elle.

7 En dessous

Le coyote et moi croisions chaque jour des dizaines de personnes et nous nous amusions à leur donner des noms. Nous n'osions jamais leur demander si nous avions raison. Elles étaient occupées à chercher de la nourriture, des relations, du sexe, de la chaleur malgré la canicule. Nous nous contentions de chercher de la nourriture, le reste m'importait moins. Le coyote était meilleur que moi mais il enseignait bien, et il finissait toujours par me laisser ses restes.

C'est en pourchassant une souris que nous avons rencontré Fabi. Elle pleurait si fort qu'elle ne pouvait pas nous voir. Je me suis raclé la gorge. Elle a levé la tête.

— Qu'est-ce qui se passe ? ai-je demandé.

— J'ai perdu… j'ai perdu un bijou. C'est important. Il est tombé ici, je suis sûre, mais je le trouve pas.

Fabi, le coyote et moi avons partagé le silence pendant des heures. Nous avons tourné en rond sur quelques mètres carrés, le regard au sol, à la recherche d'une pierre précieuse de plastique tombée d'une bague du Dollarama que sa fille lui avait donnée avant de tousser pour la dernière fois. Nous l'avons accompagnée dans sa panique plastique, lui promettant de ne pas abandonner avant d'avoir retrouvé l'objet. Il a plu des litres. Nous étions trempés. Puis le coyote nous a appelés un peu plus loin. Caché aux confins du nœud d'une branche échouée à l'angle Bélanger-De Normanville, le morceau de plastique rose de Fabi nous a tous éclaboussés de beauté. Elle s'est approchée jusqu'au creux de l'oreille du coyote, lui a chuchoté quelque chose, les yeux pleins de pluie. Elle a souri.

Ce sourire-là, bourré de paix, qui ressemble plus à un début qu'à une fin.

*

J'avais passé ma vie à tomber en amour avec les sourires des filles. Après le Jeudi Cinq, j'ai appris à tomber en amour avec leurs airs bêtes et leurs grimaces de douleur. Et quand un sourire apparaissait, c'était le complémentaire du 6/36, le bonus que je n'espérais plus. Parfois, c'était un sourire artificiel, forcé pour manifester un intérêt, et déjà c'était touchant parce que nous n'avions plus le loisir du faux. Et parfois, rarement, jamais, c'était un sourire franc, pur, comme celui de Fabi sous la pluie ce jour d'automne caniculaire cinq mois après J.C.

*

Fabi m'a embrassé, le coyote a frotté son museau contre mon front, et ils sont partis ensemble, me laissant seul assis au milieu du carrefour.

ami avec le coyote. Rencontre fabi et le coyote est parti avec fabi.

Histoire de souliers

✳

Quand tout existait encore, nous n'avions pas osé espérer la fin du monde, ç'aurait été indécent. Mais quand elle est arrivée, nous nous sommes permis un soupçon de soulagement, comme si avec la majorité de ce que nous connaissions disparaissait aussi la majorité de nos soucis. Nous en étions rendus, avant, à souhaiter que nos filles naissent laides pour qu'on les laisse tranquilles, que nos garçons naissent bêtes pour que l'anxiété ne les envahisse pas. Nous en étions à sourire à des machines, à nous émouvoir devant des ampoules DEL, à aimer des personnages plus que des personnes. Nous en étions à ne pas entendre l'alarme ophtalmologique, à nous tuer les yeux à force de ne plus cligner des paupières pour ne rien manquer. Nous n'osions pas espérer la fin du monde, ç'aurait été indécent.

Mais quand elle est arrivée, nous avons été soulagés. C'était une belle fin du monde. Avec plein de morts. Plein de souffrances. Des coyotes.

*

— Que celui qui n'a jamais eu de poster de Lyne Bessette dans sa chambre me lance la première pierre, qu'on en finisse.

J'avais parfois des envies d'être lapidé. Ou pendu. Que cette étouffante réalité s'interrompe d'un coup. La vie était devenue plus simple, oui, mais depuis le départ du coyote j'étais tombé dans un spleen que j'étais incapable de chasser. C'était un peu la douleur aux poumons, mais c'était surtout le cumul de toutes les incompréhensions empilées, les absences, les départs, les disparus, qui me serraient jusqu'à suffocation. Souvent, je fouillais dans ma poche pour voir si quelqu'un m'avait appelé, mais je n'avais même plus de téléphone. Souvent, je sentais la vibration d'un texto sur le haut de ma cuisse même quand j'étais nu.

D'autres fois, c'était l'inverse. Ce tableau blanc à perte de vue m'enthousiasmait comme rien n'avait pu le faire avant. J'étais prêt à tout faire, à tout explorer, à déplacer des montagnes pour voir si ce n'était pas là que j'avais égaré mes clés. La liberté de me foutre de tout. La possibilité de rêver au mieux sans entendre tous les ouimaisnon.

Je n'avais plus de coyote de compagnie, mais il me restait ce qu'il m'avait appris. La chasse. Les découvertes. Les possibilités infinies.

C'est dans cet état d'esprit que je me suis engagé dans l'escalier (im)mobile de la station de métro Rosemont. C'était l'hiver mais ça ne paraissait pas. Certains disaient qu'on approchait de Noël, d'autres chialaient contre la Saint-Valentin, personne n'avait vraiment tenu le compte, nous avions des choses bien plus importantes à faire, comme s'assurer de ne pas mourir d'une embolie pulmonaire. J'avais envie d'une escapade, d'un plongeon, d'une femme aussi unique et différente que le monde dans lequel nous avions atterri. Jusque-là, mes ambitions amoureuses ne s'étaient pas concrétisées, et malgré le confort encrassé de la solitude, j'avais encore espoir de rencontrer LA. De croiser CELLE QUI. Mais pour ce faire, je devais brasser les choses et m'éloigner de la Source. Les rumeurs d'un monde souterrain où l'obscurité cachait les plus beaux arcs-en-ciel m'avaient interpellé.

Le réseau désactivé du métro était peut-être la cachette secrète de la femme de ma vie, mutante, ninja, tortue. Ado. Verte. J'ai descendu l'escalier, juste pour voir. On ne voyait rien. Mais on sentait tout, comme si toute la pourriture de l'univers s'était réunie sous le sol, une odeur de toutes les dégueulasseries possibles, mélangée à du parfum cheap de chez Simpson sur Sainte-Catherine. Je n'avais pas mangé depuis plus de vingt-quatre heures – c'était souvent le cas, je surveillais ma ligne –, mais ça ne m'empêchait pas d'avoir envie de vomir comme au lendemain de douze gin tonics et enwoèye don' une couple de shooters de Goldschläger.

Une faiblotte lueur se faufilait dans de minuscules fissures et lentement mes yeux s'habituaient à l'obscurité. Je distinguais des formes, le plan de la ville décroché du mur, une rame immobile, ses portes ouvertes. Je longeais le mur, l'envie d'un téléphone public, de soulever le combiné et de raccrocher pour savoir l'heure, casual – je connais ça, ici, j'ai pas peur. Mais il n'y avait plus téléphones, plus de bancs non plus. Il y avait des tuiles cassées, des blocs de béton. L'odeur.

Puis elle est apparue. La future femme de ma vie, revue et améliorée, cent pour cent véritable, telle que vue à la télévision. Elle était floue et sombre, presque inexistante, une fantômelle qui m'a effleuré l'avant-bras en chuchotant que le prochain métro allait être en retard.

— Mais j'ai un rendez-vous à l'autre bout de la ville, aurais-je dû répondre.

— Euh, ai-je répondu.

C'était la plus jolie fille que j'avais vue depuis des mois, si j'en croyais mon imagination. Elle était aussi allumée que lumineuse, mais je ne pouvais voir que le bleu néon de ses yeux bridés. C'était suffisant pour que je nous réserve l'avenir, tranquilles au soleil, caressés par les embruns, enlacés jusqu'à l'extinction.

— Ça sent toujours comme ça, ici ?

— Oui.

— Comment tu fais ?

— On s'habitue.

— Tu montes jamais ?

— Non.

Je limitais mes mots pour éviter de respirer, et j'imaginais qu'elle limitait les siens pour la même raison, ou parce qu'elle avait le souffle coupé par mon charme intemporel.

— Qu'est-ce que t'es venu faire en dessous ? m'a-t-elle demandé.

J'allais lui répondre quelque chose de beau, je vous le jure, mais mes cordes vocales ont cédé le passage à un jet de vomi inouï qui a atterri sur le sol tout près d'elle.

— Arke ! J'en ai plein sur les souliers ! C'est ma seule paire…

— Je suis…

— Câlisse, j'avais pas besoin de ça…

— Vraiment, je…

— Ta gueule.

Elle a tourné les talons – lubrifiés de sucs gastriques, zwip – et s'en est allée en sacrant. J'avais honte, mais ça n'allait pas durer. Quelques secondes plus tard, elle était de retour, une barre de fer à la main, et elle m'assénait coup après coup dans les côtes, sur la mâchoire, dans le vide parfois, pourtant ça faisait mal quand même. Je suis tombé. J'ai vu des étoiles, mais elles aussi étaient éteintes. J'ai perdu connaissance.

*

Pourquoi je vous raconte ça ? Pour que vous sachiez que, si une fille vous plaît, ça ne sert à rien de vomir sur ses souliers. Ça marche pas.

Matthieu cherche femme, trouve une dans le métro. mais vomi dessus.

9 L'argent, l'amour, la santé

*

J'ai craché assez de sang pour remplir quatre-vingts berlingots. J'ai vu la pointe d'un humérus traverser ma peau. J'ai perdu trois cents dents. J'ai morragie interne. J'ai fait cent sept de fièvre et j'ai craché trois quatre poumons.

Il est aussi possible que j'aie subi une légère commotion cérébrale.

*

J'ignore comment je suis sorti du métro et comment je me suis retrouvé dans une Renault Alliance beige devant le Multi Luminaire sur Jean-Talon. J'ai titubé jusqu'à la porte à la vitre émiettée, je suis entré dans le commerce le plus inutile de l'ère anélectrique. Il n'y avait personne, pas même un vendeur pour me demander si j'avais été répondu, mais il y avait des lampes. Huit cent soixante mille lampes, toutes plus éteintes les unes que les autres.

Sur un étal banal, une dizaine de lampes de motel à dix dollars, dont une couleur bronze, ornée de motifs de fleurs des champs.

— J'ai la même sur ma table de chevet !

J'ai crié comme si c'était important ou comme si ça voulait dire quelque chose, je crois que je voulais plutôt savoir si ma voix avait survécu à ma bastonnade. J'ai soulevé la lampe, je l'ai frottée pour en retirer les premiers centimètres de la couche de saleté, et puis pouf. Comme dans les films, pouf. Un génie est apparu.

Il ressemblait à Creed Bratton mais portait une veste verte de vendeur multilumineux.

— Avez-vous été répondu ?

— Vous êtes…

— Oui. Je suis un génie.

— Ça existe pas…

— Ah.

Il s'est tourné, a commencé à s'éloigner.

— Attendez ! Êtes-vous… ? Vraiment… ?

— Absolument. Qu'est-ce que je peux faire pour toi ?

— Comment ça marche ?

— Comme dans les histoires pour enfants. Sauf qu'on est des adultes.

— Fait que j'ai…

— Trois vœux. Laisse-moi deviner… L'argent, l'amour, la santé ?

C'était clairement un génie d'avant J.C., du genre à lire à la loupe les paroles des tounes après avoir déplié le feuillet dans la boîte de la cassette.

— Qu'est-ce que vous voulez que je fasse avec de l'argent ? Y a plus rien à acheter. Y a plus rien à vendre. Ça veut plus rien dire, être riche.

— L'amour, alors ?

Non. Pas l'amour. Pas si vite, pas si instantané, pas sans efforts. Je venais de tester le coup de foudre dans le métro, sans succès. Je préférais maintenant attendre. Dans le monde d'avant, j'étais pressé d'être en couple, pressé de trouver pour ne pas tomber dans un puits de solitude et me retrouver seul pour mes vieux jours. Maintenant que les vieux jours n'existaient plus et que les désespérances de vie se comptaient en quintes de toux, je commençais à comprendre que je serais stupide de me presser. Que finir seul ne changerait rien. Qu'aimer trop vite et trop fort, à la sauce trois-vœux, me ferait craindre la mort.

— Y arrivera ce qui arrivera, génie.

— La santé, alors. Ça, t'en as besoin. T'es-tu regardé ?

— Non, je me suis pas regardé. Au secondaire, je suis tombé dans les pommes en disséquant une grenouille, j'ose pas imaginer ce qui m'arriverait si je me checkais les ouvertures. Mais oui. Peut-être la santé. En fait, non. Pas la santé. J'ai pas envie de survivre à tout le monde. Qu'est-ce que je ferais après ?

— Alors quoi ?

— Fais juste me réparer.

— Done.

— Pis j'aimerais ça que tu me retournes chez moi. J'ai pas envie de marcher.

— Pas de problème.

— Pis… euh… Juste un peu de lumière, peut-être. Si tu pouvais t'arranger pour que ma lampe de chevet éclaire, ce serait cool.

— C'est tout ?

— Oui.

— C'est épais.

hallucination, parle avec un "génie" à propos de 3 voeux dans magasin lampe

10 Blind date

*

Une fois par jour, c'était la nuit.

J'ai rencontré Laila sur une terrasse de la rue Saint-Denis, juste avant le coucher du soleil. Je dis terrasse, c'étaient les décombres d'un édifice de deux étages écrasé depuis onze mois. Et je dis coucher de soleil, c'était un vague passage du gris au noir. Laila était assise sur le morceau de toit le plus haut et elle regardait l'horizon d'un œil – l'autre était crevé. Elle était jolie avec son espoir et sa tresse figée dans le plâtre. Ses lèvres bleues. Sa camisole noire. La larme jusque sur son menton.

— Veux-tu de la compagnie ? ai-je demandé.

Elle a grimacé en me regardant, a fait oui de la tête sans sourire. Je distinguais à peine son visage, bientôt la nuit nous emballerait. J'ai escaladé les débris jusqu'à elle, je me suis assis à ses côtés.

— C'est ton spot ?

— J'aime la vue. Quand y a pas trop de brouillard, on peut presque voir le fleuve.

— Quand il fait noir, tu vas où ?
— Je reste ici. J'ai trop mal à la jambe pour bouger.
— Veux-tu que je t'aide ?
— Non, ça va. Demain matin, je te montrerai le fleuve, si tu veux.

*

Juste en dessous de nous, près du trottoir, j'apercevais le cours d'une eau grise et trouble prenant sa source dans les cadavres d'une dizaine de joggeuses bien hydratées. Il y avait dans les vaguelettes le reflet de l'effort vain. Courir toutes ces heures et ne s'être sauvées de rien.

*

Puis il a fait noir et nous ne voyions plus rien, ni nos airs de flirt désemparé, ni les carcasses de voitures stationnées dans une zone de vignettes, ni les années dans les cernes sous nos yeux. De temps en temps, quand nous ne savions plus quoi dire, j'effleurais l'épaule de Laila pour être sûr qu'elle ne s'était pas évaporée. Chaque fois, elle sursautait et glissait un millimètre plus loin.
— C'est pas que je veux te toucher, Laila. J'ai juste peur que tu partes.

— Je partirai pas.

— Merci.

— De toute façon, je pourrais pas.

J'entendais ses grimaces. Le petit sifflement de la douleur, qu'elle ne réussissait pas à camoufler complètement.

— Qu'est-ce qui t'est arrivé ?

— J'ai glissé, à l'ouest. J'ai accroché un poteau mal planté, il a fait tomber une enseigne sur mon pied. J'ai mal jusqu'au genou.

— T'es allée à la pharmacie ?

— Il restait juste deux trois granules d'homéopathie.

— Pis t'es pas guérie ?

— Oui, oui. Top shape.

Nous avons passé la nuit à ne pas trop parler et c'était parfait. Il ne restait plus grand-chose à dire sans sombrer dans nos souvenirs. Le silence parfois suffit à nouer mille ficelles. Laila a fini par prendre ma main.

— Lâche-moi pas, OK, Matthieu ?

— Promis.

Sa main était glaciale.

— Te souviens-tu de ce qu'il y avait ici, dans le temps ?

— Ici, à ce coin de rue-ci ? Dans cette bâtisse-ci ?

— Oui.

— C'était un resto, non ? Un café ?

— Oui, un café. Ça s'appelait Les Derniers Humains.

Aveuglé par l'obscurité, en déséquilibre sur la corniche de nos sentiments naissants, j'ai vécu cette nuit-là mon plus beau blind date.

Matthieu rencontre laila, regarde ciel et ne veulent pas s'abandonner.

11 Petits camions et autres douceurs

Le jour s'est levé sur sa jambe gangrenée. Pour une rare fois, il n'y avait pas une seule poudre de brouillard jusqu'aux États-Unis.

— Le fleuve…

Laila était blanche et tremblante et j'étais amoureux. Ce n'était pas de la pitié, elle n'en aurait pas voulu de toute façon, c'était le filet de la nuit qui nous avait emprisonnés ensemble. Ça n'avait rien à voir avec les chaleurs en série du début non plus. Je ne voulais pas coucher avec elle, je voulais être heureux avec elle.

De notre position sur la cime des décombres des Derniers Humains, nous pouvions admirer le décor pour la première fois en près d'un an. La ville était devenue horizontale, comme une plaine de béton dégarnie, quelques arbres, quelques gratte-ciel, l'impression d'un cri dont l'écho résonne sans arrêt.

— C'est beau.

Elle avait raison. C'était beau. Une strophe de Desbiens, un air de Desjardins, un Colville pas fini, la vibration de Dufresne. Un spinorama de Denis Savard, un triple de Delino DeShields, un tour parfait de Bertrand Fabi, un 2 h 30 de Jacqueline Gareau. C'était toute la beauté humaine sans l'être humain, la nature monochrome à perte de vue.

Laila a déposé sa tête sur mon épaule, j'ai cru qu'elle était aussi amoureuse que moi, je me trompais. Cette nuit passée assis ensemble, soudés par le flanc, m'avait bercé d'espoir, mais l'avait épuisée. Sa tête sur mon épaule était celle d'une évanouie. Je l'ai secouée tendrement, elle a ouvert l'œil. Sa jambe était dans un état lamentable.

— Il faut faire quelque chose pour ça, Laila.

— Je sais. Ça me tente pas.

— On est pas obligés.

— Oui. On est obligés. Vas-tu m'aider ?

J'espérais l'amour sans vraiment l'attendre. Il m'avait frappé en pleine noirceur. C'était la première fois depuis J.C. que je ressentais pour une fille quelque chose qui ne prenait pas sa source dans la peur. Un sentiment qui n'était pas né de l'oubli ou de la déviation.

Ce jour-là, j'allais devoir amputer à froid la jambe de mon amoureuse.

*

Le lendemain de la catastrophe – le vendredi 6, suivez don' –, les élus municipaux avaient paniqué autant que tout le reste des habitants. Sauf qu'eux avaient accès à de la machinerie lourde et, sans doute, à des tonnes d'antihistaminiques pouvant causer de la somnolence. Dans un élan de déni qui aurait rendu un enfant de trois ans jaloux – non, le poisson n'est pas mort –, une grande opération de dépoussiérage avait été commandée. Les survivants avaient donc conduit pendant des heures les camions de déneigement sur les artères principales afin de nettoyer la voie publique. De larges sillons d'asphalte avaient été libérés, de longs pans de trottoir dégagés. Puis, un à un, les véhicules avaient manqué d'essence, et les pompes ne fonctionnaient plus. La ville était donc parsemée de camions, de charrues, de bulldozers et d'autres machines qui laisseraient perplexes les visiteurs des siècles futurs.

*

J'avais toujours rêvé de conduire un petit tracteur qui déneige les trottoirs, mais ce jour-là, ce n'est pas ce que j'allais faire avec celui qui gisait sur Saint-Denis, à nos pieds. Laila était fiévreuse et nous n'avions pas eu le loisir de chercher très loin les outils qui faciliteraient l'amputation de sa jambe gauche. Le Rona était fermé. Les chirurgiens ne couraient pas les rues, les bûcherons non plus.

Si elle avait été n'importe quelle autre blessée du quartier, je n'aurais pas réfléchi, j'aurais fait ce que je devais faire, m'inventer un diplôme de médecine, m'imaginer être Clooney dans *ER*, en aussi beau et aussi jeune, ça ne coûte rien. Mais elle n'était pas n'importe quelle autre blessée. Laila était une petite flamme qui me réchauffait, depuis peu il est vrai, mais dans la grisaille des mois précédents, la moindre flamme répandait sa lumière plus loin et plus haut que Yellowstone en 88. Toute ma forêt s'enflammait, et l'idée de la faire souffrir, même si c'était pour la sauver, me rendait malade.

— T'as pas le choix, Matthieu. J'en ai besoin. Je te fais confiance.

J'ai passé des heures à attacher des courroies, à fabriquer des poulies, à créer des leviers, pendant que Laila oscillait entre la perte de connaissance et les tremblements violents. Puis j'ai été prêt, semi-prêt. J'ai réussi à soulever le devant du tracteur d'une trentaine de centimètres. Laila s'est glissée tout près, a placé sa jambe sous la pelle. J'ai serré sa main le plus fort que j'ai pu, elle a grimacé, elle grimaçait depuis la veille.

— T'es sûre ?

Elle a fait oui de la tête. J'ai voulu déposer un baiser sur son front. Elle a tiré ma nuque vers elle et nous nous sommes embrassés comme des adolescents, en ne sachant pas quoi faire de nos langues, en respirant au mauvais moment, frénétiquement.

Quand nos lèvres se sont décrochées, elle m'a fait signe de serrer son garrot le plus possible, puis de détacher la corde qui maintenait le tracteur dans les airs. Dans un fracas qui n'avait rien de rassurant, la machine s'est jetée sur Laila pendant que je fermais les yeux.

S'il restait des vitres intactes dans la ville, son cri les avait sûrement détruites.

Emputation jambe laila, En amoure et Premiere fois plus de parsoil.

12 Fwd:Re:RE:re: Salut!

*

Il y a une trappe dans un recoin de ma tête que j'ouvre pour me cacher quand je suis incapable de tolérer ce qui m'entoure. La douleur de Laila était trop forte pour moi, il fallait que je pense à autre chose.

*

Le plus dur depuis des mois, c'était de ne pas savoir ce qui s'était passé. Nous étions conditionnés à effleurer du bout du doigt l'ensemble des connaissances humaines à la moindre question niaiseuse, et maintenant, non seulement nous ne pouvions plus rien savoir, mais en plus nous ignorions la cause de nos ignorances. Le comble.

Nous qui d'ordinaire googlions chaque point d'interrogation, nous étions condamnés à la préhistoire, et je ne parle même pas des temps Netscape. Un an plus tôt, si nous voulions connaître le titre de cette obscure chanson de Nik Kershaw qui nous avait fait tripper pendant trois bonnes secondes à l'adolescence – *The Riddle*, bien sûr –, nous n'avions qu'à questionner l'écran, et nous savions. S'il nous venait l'idée de connaître l'année où la CTCUM s'était greyée d'un S – 1985, on en apprend des choses, dans ce roman, dites donc –, un bon coup de Wikipédia et le tour était joué. Si d'aventure nous désirions des nouvelles de Lothaire Bluteau – il jouait dans *Vikings* jusqu'à récemment –, nous interrogions la machine. Et si en pleine randonnée pédestre nous avions oublié le nom du gars qui a fait 62 200 250 points à *Gyruss* en 2014 – Kim Köbke –, pas de souci, le 4G nous avait suivis dans le sentier.

Après J.C., nous n'avions que la parole pour communiquer, mais si peu d'informations à partager. Même une chaîne de courriels old school n'aurait rien donné si le message d'origine était vide.

C'était très angoissant, tout ça. Parfois, un mot ici ou là parvenait jusqu'à nous, mais c'étaient sans doute des inventions de futurs décédés qui n'avaient rien d'autre à faire. Des écrivains en manque de papier, sûrement. Il y était question d'une bombe. D'une éruption volcanique. D'un météorite. Rien que nous n'aurions pas pu inventer nous-mêmes – ces écrivains, hein.

Et nos questions restaient sans réponses. Des hommes colonisaient-ils une autre planète ? L'autre côté de la Terre était-il dans un meilleur état que celui-ci ? Pourquoi faut-il que Zorino s'en aille ? Et mon coyote ?

Monde sans internet et sans réponse à toute les questions

13 Si jeune et déjà en retard

*

Laila criait encore, la jambe sectionnée, agonisant au-dessus d'une flaque de sang qui prenait du diamètre. Je me sentais coupable de penser à autre chose qu'à son bien-être, mais pendant que j'enveloppais son futur moignon dans un chandail de l'Impact, j'étais incapable de me concentrer sur elle sans m'évanouir, et évanoui, c'est plus dur de faire des nœuds.

Vous voyez, c'est moi, ça. Je me sentais coupable de faire tout ce qu'il fallait pour elle, parce que je croyais que ce n'était pas comme ça que je devais le faire.

Quelques curieux attirés par les cris de Laila nous entouraient désormais. Personne ne m'aidait. Ils croyaient sans doute que je la torturais. Ou ils me jugeaient parce que je pensais à autre chose.

*

Je devais avoir neuf ans. Depuis des années, je jouais aux G.I. Joe tous les jours ou presque, des scénarios, des pow pow, des boum. Puis en novembre cette année-là, allez savoir pourquoi, le temps qui passe et ces choses plates de la jeunesse qui s'effrite, j'ai perdu tout intérêt pour les G.I. Joe.

Mon père n'a jamais reçu le mémo. À Noël, il m'a offert le méga-top-gigantesque jet de combat de ce cher Joe. Quand je l'ai déballé, j'ai fait semblant d'être heureux, ce n'est rien d'exceptionnel. Politesse, reconnaissance, ces conditionnements qu'on inflige aux bien élevés. Mais au cours des mois qui ont suivi, je me suis souvent retrouvé, par pure culpabilité, à jouer sans le moindre plaisir avec le jet de G.I. Joseph quand mon père était dans la maison, pour ne pas le décevoir, pour le convaincre qu'il m'avait réellement fait plaisir, comme si mon désintérêt était une faute grave.

Je n'étais qu'un enfant et déjà la culpabilité déplacée me forçait à faire semblant.

*

Je n'ai jamais changé. Alors oui, messieurs-dames, je ne pensais qu'à Laila en lui emballant le bout de jambe. Je ne pensais qu'à elle parce que c'était ce que je croyais que vous attendiez de moi.

Allusion jambe laila et cadeau noel.

14 L'hôpital

*

Laila – oserai-je un *enfin* – s'était tue, mais ce n'était pas parce qu'elle filait le parfait bonheur au bord d'un lac, avec ses amis et une bonne bouteille. Elle avait perdu beaucoup de sang, et connaissance. Encore. Sauf que cette fois-ci je ne savais pas si elle se réveillerait.

Inconsciente sur le bord de la route, silencieuse et molle, elle était devenue soudain l'objet d'un intérêt agressif de la part de la foule qui nous entourait. Maintenant que les gens étaient convaincus qu'elle ne leur fendrait plus les tympans, ils devaient essayer de la sauver. Une gang de superhéros en retard s'est faufilée entre Laila et moi, me repoussant plus loin, très loin, les mains rouges, les yeux écarquillés, les genoux tremblants.

— Tassez-vous, on s'en occupe.

— Je suis sorti avec une médecin pendant six mois, je sais quoi faire.

— Moi aussi. J'ai déjà lu un livre d'anatomie.

— J'aimais les ambulances quand j'étais petite, laissez-la-moi.

Ils ne disaient rien, en vrai, mais je les imaginais imbéciles, eux qui ne m'avaient pas aidé quand ça comptait, qui me poussaient alors qu'il était peut-être trop tard, sûrement trop tard.

J'ai baissé les yeux. Ils étaient une douzaine à l'encercler, ils ne lui voulaient pas de mal mais je les détestais. Si elle ne survivait pas, ce serait leur faute, parce qu'il ne fallait pas que ce soit la mienne. Et il fallait que ce soit la faute de quelqu'un. N'importe qui.

Ils ont glissé le futur cadavre de Laila sur une toile, l'ont soulevé et se sont mis à courir. C'est à peine si l'un d'eux n'imitait pas la sirène d'un véhicule d'urgence. Je les ai suivis à distance, comme un automobiliste sans honte dans le sillon de l'ambulance à l'heure de pointe.

À l'urgence de l'hôpital, nous n'avons pas eu à passer au triage, pas eu à nous inscrire, pas eu à prendre un numéro. Mais nous avons attendu des heures. Nous avons attendu que les heures passent, en fait, et à mesure que le jour s'écoulait, les secouristes de fortune s'en allaient, un à un, jusqu'à ce qu'il ne reste que moi et Laila, toujours inconsciente, la respiration lente, les sueurs enveloppantes, dans la salle d'attente plus que vide de cet hôpital en ruine.

C'était absurde de l'amener ici, nous savions tous qu'il ne restait plus rien depuis des mois, pas le moindre pansement, pas le moindre sac de sang, pas le moindre médicament. Mais le plus gros des hommes, celui qui l'avait glissée sur la toile, m'avait expliqué en pleurant :

— On… on pouvait pas la laisser là. Pas dans la rue comme ça sans rien faire. Tu le sais, on en voit mourir chaque jour, des filles comme elle. Pis des enfants. Pis des gros sales comme moi. Mais la tienne, elle était pas morte encore. Si on essayait rien, j'aurais pas pu vivre avec moi-même. Faque l'hôpital… c'était, comme… la seule option. D'un coup… d'un coup qu'il restait une aspirine dans le fond d'un tiroir. Du fil à coudre. Quelque chose. Même si on le sait qu'il reste rien, rien du tout… parce que c'est peut-être la vingtième qu'on amène ici… Faut qu'on essaie…

— Je comprends.

— Je suis désolé qu'y reste rien, ici.

— Il reste rien nulle part.

— Je suis désolé. On a fait ce qu'on a pu. Bonne chance. Si elle passe la nuit, elle va peut-être s'en sortir.

Puis il était parti, me laissant seul avec l'espoir d'une nuit de battements de cœur. J'étais dans un demi-sous-sol d'hôpital détruit, sans médecins ni médicaments, mais avec le corps bouillant de cette fille qui depuis vingt-quatre heures m'avait forcé à me repenser. Je n'étais pas seul, pour la première fois depuis la catastrophe du Cinq, malgré les rencontres et le sexe et les caresses et la Source, j'avais toujours été seul, mais avec Laila je ne l'étais plus. Si elle cessait de vivre ce soir-là, si elle ne traversait pas la nuit, comme le gros l'avait dit, je deviendrais une demie. Pour le reste des nuits, une demie.

*

Je n'avais eu peur de rien, ou presque, depuis près d'un an, c'était comme ça que j'avais traversé l'apocalypse, avec une froideur qui ne me ressemblait pas, un désintérêt pour les gens, un laisser-aller sans sentiments. Puis j'étais tombé en amour et en un jour j'avais eu peur de tout. De la perdre. D'être perdu. De ne plus vouloir survivre. De ne pas savoir quoi faire, après. Parce qu'il y aurait un après, même si je n'osais pas y penser.

Elle allait mourir avant le coucher du soleil, et j'avais peur. Laila.

Je me suis levé pour trouver une goutte d'eau à lui offrir. Deux pas, puis sa voix, coupée par mille lames de rasoir.

— Matthieu. Reste.

Je me suis précipité sur elle, j'ai presque souri, je voulais tant y croire : si elle parlait, c'était qu'elle allait mieux, nous irions mieux, et bientôt nous clochepiederions partout en chantant, c'est quoi le record pour le marathon sur une jambe ? Ç'a duré une seconde, jusqu'à ce que je regarde dans son œil et que je voie qu'il ne lui restait que quelques clignements de paupière avant de la fermer pour de bon. Ces choses-là se sentent, se voient. Elle savait. Maintenant, je savais aussi.

— Merci d'avoir essayé, Matthieu. Merci. Je m'excuse.

Je ne savais pas quoi dire. J'ai retenu une larme, pleurer une fille que je ne connaissais pas la veille me semblait exagéré, même si un jour de Laila-post-J.C. valait mille ans de Julie-pré-J.C.

— Je t'aime, Matthieu. Ç'aurait été le fun de passer plus de temps ensemble...

Elle semblait sereine mais je n'y croyais pas. Mourir en paix, c'est pour ceux qui ont vécu leur dû. Elle a pris ma main, m'a attiré contre elle. Je me suis brûlé sur elle, mes entrailles calcinées, mes pores emplis de sa fièvre et de son sang visqueux que son cœur ne parvenait plus à faire voyager, je me suis brûlé sur nous. J'ai posé mes lèvres sur son feu, je voulais qu'elle sache que c'était vrai, elle et moi et nous, je voulais qu'elle sache l'amour, je voulais qu'elle apprenne de mon étreinte tout ce que j'étais.

*

Elle a cessé de respirer, ma main sur sa joue, quelques minutes après avoir fermé l'œil. Elle a encore soufflé je t'aime, inaudible, mais je l'ai entendu comme un hurlement. Pour elle, c'était une délivrance. Pour moi, c'était un pied dans une prison. Ce sera ça. Je serai ça. J'aiderai des mourantes ou je mourrai moi-même. J'aimerai celles qui n'ont plus le temps de m'aimer. Ce sera ça, mon avenir ?

J'ai été couvert de tous les maux pendant presque un an, comme nous tous, et j'ai survécu, et le jour où un peu de bonheur vrai s'installait, le jour même où il est arrivé, on me l'a enlevé. Je me foutais des millions de morts, ça faisait partie de la vie, de cette nouvelle vie, mais celle-ci, je ne l'acceptais pas.

Vous ne pouvez pas comprendre.

Vous ne pouvez pas comprendre ce que nous avons vécu pendant une nuit au sommet des décombres, la petite chaleur les petits frissons plus grands que dans toutes les relations du passé, l'assurance de quelque chose d'immense qui naît dans l'obscurité.

Vous ne pouvez pas comprendre vous n'avez jamais aimé puis perdu aussi vite, vous avez eu le temps d'être bien avant d'être mal, vous avez eu le temps de passer des jours à rire et à sourire et à baiser avant que votre amoureuse meure vous avez pu savoir qui elle était vous avez pu vous engueuler vous réconcilier vous avez pu guérir ensemble vous avez pu tout faire et quand elle est morte la vôtre c'était dur mais ce n'était pas injuste, quand elle est morte la vôtre vous aviez des souvenirs avec elle des beaux moments à faire flotter au-dessus de votre peine quand elle est morte la vôtre vous aviez le passé pour vous consoler quand elle est morte la vôtre vous saviez qui vous pleuriez.

Vous ne pouvez pas comprendre, ça ne fait pas un an que vous essayez d'être positif, que vous survivez sans comprendre ce qui vous entoure, que vous avez tout perdu, absolument tout, ça ne fait pas un an que vous n'avez rien et ça ne fait pas un jour que vous avez trouvé un minuscule éclat de vie et ça ne fait pas une minute que déjà vous l'avez perdu.

J'ai regardé le décor de cet hôpital qui ne servait plus à rien, j'ai serré les poings.

Si tout n'était pas déjà cassé, j'aurais tout cassé.

*

En traînant les pieds vers chez moi, j'ai palpé l'avenir sans sentir la moindre bosse, c'était lisse comme un désert de sel, pas la moindre chair de poule, pas la moindre cicatrice, l'avenir sans elle.

J'ai eu froid pour la première fois. Peut-être que je serais mieux de partir. Loin.

Le Mexique, ça se fait à pied ?

Mort lente -> décevante. Apporter à l'hopital mais réveiller, je t'aime et mort après.

2e partie

15 Qu'est-ce qu'il y a de drôle ?

J'ai rêvé d'un Glenmorangie, de tout oublier. Il y a trois cent soixante-cinq jours aujourd'hui que Laila est morte, je les ai comptés, je les ai notés, j'ai des rames de papier dans mon bureau, dans ma maison, dans mon cocon, que je ne quitte que pour de l'eau à la Source sans regarder les autres, la tête basse, les yeux sur mes cruches et les talons tournés, des rames de papier pour écrire, des stylos par douzaines, des mots répétés, rarement les bons, et des crochets pour chaque jour qu'elle n'est pas là. J'ai écrit des chapitres et des chapitres, couché sur mon lit, et j'ai voulu mourir chaque soir mais la lueur de ma lampe de chevet me rappelait que tout était possible. Ce possible, je ne sais pas ce qu'il est. Je ne veux plus être amoureux, ce sentiment d'une autre époque, cette cochonnerie à faire vomir. Je ne veux plus baiser, plus sortir, plus explorer, plus parler. Pendant un an j'ai rêvé d'un réveil, d'une douche froide, pendant douze mois d'un suicide.

Tout est possible mais rien n'est probable. J'attends qu'il se passe quelque chose. Je ne dors presque pas, la lampe allumée, j'ai peur de l'éteindre et qu'elle ne se rallume plus, les génies ne courent pas les rues et Multi Luminaire, c'est loin.

Je ne vais pas très bien – je le précise encore pour les plus lents en arrière. Aujourd'hui, pour la première fois, peut-être parce que c'est l'anniversaire de l'extinction du feu de Laila, j'entrevois la possibilité que ce que j'attends, c'est de ne plus attendre. Que j'attends de mourir, comme tous les autres, que je fais partie banalement du « un à un », quand on dira dans les livres d'histoire qu'« ils moururent un à un » pendant quelques années, de maladies ou de peine, des poumons ou du cœur, noyés dans la poussière.

⁂

La fin approche, et pourtant nous ne sommes qu'à la page 106.

⁂

Je suis en train d'écrire une phrase pas piquée des vers, avec une image formidable, un double sens fabuleux, et des virgules en trop, quand les lobes entremêlés de mon cerveau sont secoués par un bruit, dehors, que je n'ai pas entendu depuis deux ans. Des rires.

J'entends, dans la rue, des rires et des rires et des rires, c'est un son que j'avais presque oublié, des cris de joie et des chants et des pas dansants. J'entends du bonheur. Ce n'est pas normal, nous étions en rupture de stock.

Je me lève et titube jusqu'à la porte, que j'entrouvre, l'inquiétude hérissée.

Ah. Je vois.

2ans mort taile, dépressif/suicidaire

16 Un bol d'Analphabits

*

Il y a une horde d'enfants devant chez moi, en plein milieu de la rue comme pendant le Tour de l'île, mais sans vélos. Je referme la porte d'un coup, peut-être sont-ils violents, ou vampires, ou voleurs, ou vandales, ou n'importe quel mot qui commence par un V. Peut-être sont-ils Christian Mistral. J'attends qu'ils s'en aillent, eux et leurs rires qui me troublent. Les temps sont durs, ne le savent-ils pas ?

Mais ils ne bougent pas, je les entends être de bonne humeur comme si ma rue était La Ronde, comme s'ils jouaient au hockey Cosom dans un gymnase avec des bâtons en plastique et qu'ils se poussaillaient pour s'empêcher de piler sur leur palette pour la courber du bon bord. Ils rient, les maudits inconscients.

J'ouvre de nouveau la porte, vieux mononcle sur son balcon frustré de voir des enfants avoir le fun dont il est incapable, prêt à leur crier d'aller jouer ailleurs, que c'est l'heure de ma sieste. Mais je m'arrête avant de crier, bien sûr, je ne suis pas si vieux que ça. Ils sont beaux. Des enfants d'élevage, en troupeau devant chez moi. Un peu plus loin, sur le bord du trottoir, un berger les surveille sans avoir la moindre intention d'intervenir, la barbe grise, les cheveux longs, une cicatrice en travers du visage, un bras en moins, total quidam des temps modernes.

Ils ont trouvé des craies. C'est la raison de leurs éclats de rire, sept grosses craies roses, jaunes et blanches, la possibilité d'inventer un nouveau décor. Ils dessinent sur le sol chacun leur tour, ils sont quatorze je les ai comptés, des filles et des garçons, sept ans, quatre ans, dix ans, six ans, un troupeau d'enfants qui broutent le béton à grands coups de craies. Ils décorent le laid, ils couvrent les nuages de couleur. Ils ont le droit de me casser les oreilles.

*

Tristan-sept-ans a dessiné un soleil et je me suis mis à pleurer, alors je me suis tourné juste assez pour que les enfants ne me voient pas. Le Berger m'a vu, lui, mais je sais qu'il ne dira rien. C'est un soleil jaune avec des rayons blancs, des yeux, un sourire en coin, j'ai dessiné le même mille fois quand j'avais son âge. Il se souvient de quoi le soleil avait l'air, c'est ce qui m'a fait pleurer, dans un an il aura oublié. Dans un an ils auront tous oublié que le soleil a déjà vraiment existé. Ils ne se souviendront que de la veilleuse trop faible que nous avons dans le ciel depuis.

*

Nous sommes tellement habitués aux respirations craquelées et aux quintes de toux répétées que nous ne les entendons plus depuis des mois. Elles font partie de l'ambiance, comme le moteur des voitures avant, le chant des oiseaux, les frigos. Un bruit de fond, de partout, qui nous rappelle que nous ne sommes pas seuls.

Quatorze enfants qui toussent aigu à l'unisson juste devant moi, sopranos des bronches, ça, ce n'est pas habituel. Un choc. Je les entends comme un concert de ZZ Top, comme le tonnerre quand il fait beau, je n'entends qu'eux, qui toussent, et je ne peux plus me réjouir de les voir rire entre deux quintes. Le plus vieux, Ahmed-dix-ans, tout sourire, s'éloigne du groupe pour cracher du sang; il ne veut pas salir les dessins de ses amis. Je m'appuie contre le cadre de porte, les jambes molles, les yeux noyés.

Nos jours sont comptés, je l'avais accepté, pour les autres et pour moi, mais je n'avais pas pensé aux enfants, je pense peu aux enfants, Julie me le reprochait souvent. Ils mourront dans l'année. Dans deux, trois ans au plus, s'ils sont chanceux. Ils seront encore des enfants.

Je croyais que le temps n'existait plus, mais celui qui passe les écorche plus que les autres, ils mourront avant d'avoir pu se venger, *Shangaï Lili* avant de brûler. Ils mourront sans savoir tout ce qu'ils sont censés savoir, ils mourront sans être allés à l'école assez longtemps, sans avoir appris, ils connaîtront tous les maux de la vieillesse sans avoir le temps de devenir vieux. Les douleurs, les nausées, les os qui plient, les organes qui abandonnent, tout ça avant d'avoir su écrire, bien écrire, compter, bien compter, l'histoire la géo les sciences naturelles, le programme du ministère au complet.

⁂

Je n'ai pas envie d'être témoin de ça. Je serai une école.

Lentement, je m'approche du Berger. Il continue de surveiller les enfants, il ne me regarde pas, depuis qu'il m'a vu pleurer il ne me regarde pas.

— Bonjour, monsieur. C'est vos enfants ?

— C'est des enfants.

— Mais vous les connaissez…

— Je les suis. Ils me font du bien. J'aime ça les regarder. Des fois, c'est eux qui me suivent, quand ils savent plus quoi faire. Je les emmène manger.

— Ils sont beaux.

— Ça se peut.

— J'aimerais ça leur apprendre des choses. Être leur professeur, comme s'ils allaient à l'école.

— Vous faites ce que vous voulez, hein.

— Pouvez-vous me les amener demain matin ?

— Je sais pas. Je peux bien venir ici, mais ça veut pas dire qu'ils vont me suivre.

— Vous pouvez pas leur demander de vous suivre ?

— Je leur demande rien. Ils méritent pas de se faire donner des ordres.

— Mais vous allez venir, vous ?

— Oui. Demain matin.

S'ils viennent, je serai une école. Un centre de formation postapocalyptique. Une bonne œuvre. Le club des petits-déjeuners sans nourriture.

Je suis le pire pédagogue au monde mais je ne leur dirai pas.

enfant joue dans la rue. bonheur/tristesse
Parle au berger. Veux (Matthew) leur enseigner.

17 Un autre grand classiques

*

J'écris à la craie « Monsieur Simard » sur la porte du garage couverte de la même croûte bétonnée que tout le reste de la maison. L'entrée est en pente, ce sera la petite école parfaite, ils s'assoiront devant moi et je leur enseignerai tout ce que je sais. Je ne le fais pas pour eux, bien sûr, je m'en suis rendu compte en griffonnant un plan de cours pendant mon insomnie. Jusque-là, je m'étais menti à la perfection : j'allais les sauver d'une mort sertie d'ignorance, je les bourrerais de connaissances qui feraient d'eux des cadavres utiles, je donnerais un sens au reste de leurs jours. Mais c'était évidemment de la crisse de marde – ne leur dites pas que j'ai dit ça, mon standing de prof est en jeu et je n'ai même pas de veston de tweed aux coudes patchés de cuir pour les impressionner. Non, je ne le fais pas pour eux. C'est purement égoïste, pour me sortir de la torpeur de la dernière année, pour sentir que je sers à quelque chose. C'est pour devenir moi-même un cadavre utile que je le fais.

*

Le Berger arrive à 9 h 23 pile – ce n'est pas vrai –, suivi de la horde d'enfants assoiffés de savoir. Il n'en manque pas un. Je remercie le vieil homme, il hausse les épaules.

— Installez-vous dans la pente, les enfants.

Je suis pourri avec les enfants. Déjà, je m'adresse à eux en disant « les enfants ». Ils grimacent mais s'assoient quand même à mes pieds.

— Je m'appelle Matthieu, annoncé-je en désignant le tableau qui ne dit pas ça. Je ne suis pas un professeur, dans la vie, mais je sais des choses que vous savez pas, comme écrire, compter. Alors j'ai envie de vous montrer ça. Ça vous va ?

— On sait déjà écrire, répond Augustine-neuf-ans.

— Oh.

Ils savent écrire.

— Et compter ?

— Oui, compter aussi. Regardez : un, deux, trois, quatre, cinq, six…

— D'accord. Euh… Je vais vous montrer des choses plus compliquées, alors. Qu'est-ce que vous connaissez des classiques de la littérature française ?

À en juger par leurs regards confus, c'est peut-être un saut trop brusque.

— Bon. OK. Tiens, on va reculer un peu. Qui veut écrire le mot « classique » au tableau ?

Ils lèvent la main. Je pointe le vide en disant « Toi », l'un d'eux se lève et s'approche de la porte du garage.

Je lui tends une craie. Il réfléchit longuement, Camil-sept-ans, puis débute en faisant grincer son outil à en faire frissonner la planète.

Clacic.

Augustine s'insurge.

— Ça prend deux S, nono.

Camil ajoute deux S.

Clacicss.

Voilà. Ça m'apprendra à avoir des épiphanies pédagogiques.

— Oui, bon. On y reviendra. On compte jusqu'à cent en bonds de cinq, à la place ? Proust faisait ça tout le temps.

*

C'est la fin de la journée, qui aura duré une heure et demie. Je ne sais pas quoi faire avec des enfants, moi. Je ne sais pas comment leur parler, je n'ai jamais tenu un enfant dans mes bras. L'un d'eux pleure parce qu'un autre pleure parce qu'un autre l'a pincé. Un autre crie parce qu'un autre rit parce qu'un d'eux dort.

Je ne sais pas à quoi ça sert, tout ça. Ils ne pourront jamais utiliser ce que j'aimerais leur enseigner. Peut-être que demain je me contenterai de leur raconter des histoires.

*

Ils sont douze. Je n'ose pas demander où sont les deux qui manquent, j'ai trop peur de la réponse.

— Aujourd'hui, on va laisser faire le tableau. Je vais vous raconter une histoire. Vous connaissez celle de la grenouille qui voulait être aussi grosse que le bœuf ?

Ils la connaissent, mais ils veulent l'entendre. Je ne m'en souviens pas parfaitement, alors j'invente des bouts qui les font rire. Le bœuf, D.J. au Beachclub. La grenouille, qui a perdu son mot de passe Snapchat. Jean de La Fontaine tout nu dans l'étang du parc La Fontaine. Ils rient. Je ris. Je ris et ça fait mal parce que je sais que dès qu'ils partiront je cesserai de rire.

*

Ils reviennent chaque jour comme des pissenlits au printemps, quand ils deviendront blancs ils sauront tout et je les soufflerai.

— Une autre histoire, les cocos ?

Ils sont rendus cocos, c'est une promotion. Ils me tutoient.

— Oui, mais une vraie, cette fois-ci. Raconte-nous comment c'était, avant.

Je fige. Avant. Je n'ai pas envie de penser à l'avant, pas envie de me remémorer ces choses qui ne seront plus jamais.

— Vous vous en souvenez pas ?

— De moins en moins.

Ils y ont droit. Ils ont le droit que je leur raconte les horreurs qu'étaient les beautés d'avant, que je leur décrive la maison de leurs parents, leurs sièges d'auto, *Passe-Partout*, les fleurs dans les arbres et les rayons de soleil. Les coups de soleil. La neige.

Je leur raconte, jour après jour je leur raconte, je me meurtris de ces souvenirs trop près de moi, trop récents, ils écoutent, les yeux écarquillés, ils rient de moins en moins, se souviennent de plus en plus.

Au bout de quelques semaines, un, puis un autre, et encore un autre disparaît de ma salle de classe. Ils ne reviennent plus. Ils n'ont plus envie de se rappeler qu'avant c'était chaque jour qu'ils riaient, pas seulement quand ils trouvaient des craies ou qu'un professeur transformait les fables de La Fontaine.

⁎

Un jour pluvieux, un des premiers où la suie noire se mélange à l'eau, ils arrivent, les trois derniers, la mine basse. Le Berger n'est plus avec eux depuis quelques jours, il avait mieux à faire, j'imagine, comme respirer, et encore. Les yeux rivés au sol, le pas lent. Philippe tousse plus que d'ordinaire. Beatriz lui frotte le dos sans arrêt pendant qu'Augustine retient ses larmes. Ce n'est pas une bonne journée et je n'ai pas les outils pour leur remonter le moral. Je suis fragile depuis deux ans, je me calque sur le moral des autres. Quand ils riaient, j'étais heureux. Maintenant qu'ils pleurent, je m'écrase et m'écoule dans le drain de l'entrée de garage.

J'essaie de commencer une histoire, mais je n'y arrive pas. Je n'ai pas de voix. Philippe tousse. Et tousse. Puis il ne tousse plus. Son corps comme du beurre de canicule se répand sur celui de Beatriz, qui le repousse. Il glisse par terre et roule jusqu'à moi. Je pose ma main sur sa joue. Il n'y a plus rien à faire.

Oui, je sais, tout le monde haït ça, un livre d'enfants morts.

Augustine se lève. Elle tire Beatriz par le bras, l'entraîne avec elle. Elles quittent l'entrée, la maison, la rue, le quartier, sans jamais se retourner, sans me remercier pour l'école, pour les histoires, pour mes efforts.

On m'avait dit que les enfants étaient ingrats. Je les trouve lucides.

*

Comme le disait Normand Brathwaite, *les chemins qui mènent à la liberté sont parsemés de cadavres d'enfants mutilés*.

Je partirai.

Je partirai. Loin. Aux confins de la 20, en Gaspésie, au Groenland à pied, loin. Je prendrai mon temps, je n'ai plus que ça. L'enseignement, ce n'est pas pour moi. Les enfants non plus. Les gens non plus, en fait.

Laila, t’es où ? Je t’ai vue mourir, mais peut-être que tu n’es pas morte.

J’irai te chercher.

Matthieu prof aux enfants. raconte histoire fiction -> fini par raconter monde avant

18 Le monde sont malades

*

On ne parle pas assez de diarrhée dans les romans québécois.

Sur le bord de l'autoroute à des centaines de kilomètres de chez moi, quelques minutes après la Patate Mobile, restaurant aux nombreuses étoiles Michelin en raison de l'arrière-goût de pneu, il y a une toilette publique et, dans la file pour y accéder, il y a Gaétan, Ahmed, Farouk, Ghislain, Robert-Guy et Gilbert-Guy. Prenez des notes, ça fait partie du test.

La saucisse que nous nous sommes partagée ne passe pas, sans compter les effets de cette nouvelle drogue que nous avons essayée par pure curiosité, le perlimpinpin (en poudre), qui broie l'intérieur au complet en purée. Bref, la diarrhée.

*

Sur le bord de l'autoroute, trente kilomètres plus loin, je croise un homme assis sur un tracteur immobile, qui fait pout pout pout avec sa bouche pour faire semblant.

— Ça va, monsieur ?

— Mes parents m'ont toujours détesté. Vous savez, j'étais le premier bébé-éprouvant au monde, moi. Né en pleine Révolution tranquille, je faisais trop de bruit, il paraît.

— Avez-vous besoin d'essence ?

— Non, ça va.

Ça tombe bien, je n'en ai pas. L'homme ressemble à DC Parlov, en plus petit, genre modèle Revell mal collé, et porte des lunettes Gloria Vanderbilt, *madam*.

J'ai froid. Mon tricot military-grade ne suffit plus. Je n'aurais jamais dû cesser de fumer cold turkey en mangeant un hot chicken. Je tremble. J'orme. J'érable aussi. Jérable Tremblay. La sueur, la fièvre, les délires, une tonne de symptômes pas assez techniques pour justifier une NBP*. J'ai pris quatre Advil Liqui-Gels, mais ma température continue de monter, cent trois, j'hallucine des chevaux en chocolat, cent cinq, le tracteur me raconte sa vie, cent huit, à quand le prochain album de Lou Bega ?

— Où on va ?

— Au spectacle.

— Quel spectacle ?

— La fin du monde. Avec Marc Labrèche.

Je ne manquerais pas ça pour tout Lord Durham. J'ai toujours aimé Marc Labrèche, surtout quand il

* Note de bas de page.

joue la comédie. Il y aura son nom sur la marquise Grissom.

*

Mes paupières sursautent. J'entrouvre les yeux. Quelqu'un est en train de tapoter mon épaule. Je me réveille d'un coup, d'un cri. Mon assaillant fige.

*

There. Je l'ai fait. Ce n'était qu'un rêve.

Oh oui. CE N'ÉTAIT QU'UN RÊVE.

fait un rêve / cauchemard de la fin du monde avec un vieux monsieur sur un tracteur allucination à cause fièvre

19 Mimi_78

*

Quand j'ai rencontré Julie, elle s'appelait Mimi_78 sur les forums de discussion qu'elle fréquentait. Soixante-dix-huit, c'est l'année de naissance qu'elle s'était inventée. Et Mimi, c'était sa façon de ne pas se faire retrouver par les cyberpervers de l'époque. Oui, je sais, elle était aussi futée qu'une cuisine.

*

J'ai rêvé mille absurdités, mais je n'ai pas rêvé la main qui m'a réveillé. Julie est là, terrorisée par mon cri, blanche comme un drap préapocalyptique.

— Matthieu ?

— Qu'est-ce que… ? Voyons, Julie, qu'est-ce que tu fais là ?

*

Les premiers mois après J.C., je m'écrivais souvent le scénario de mes retrouvailles avec Julie. Notre réconciliation, nos plans pour survivre ensemble, notre première baise de fin du monde, la possibilité de retrouver enfin la saleté sexuelle de nos premiers temps, ces éjaculations faciales et ces doigts enfoncés qui s'étaient évaporés de notre quotidien. Des scènes cheap de gars perdu. Puis au fil des découvertes, la Voix – la fille, pas l'émission –, Laurence, Bechdelle, sœur McGarrigle, la Source, Multi Luminaire, Laila et tout le reste, l'idée même de revoir Julie s'est estompée, jusqu'à disparaître complètement.

Non seulement je ne la reverrais plus, mais je n'en avais pas envie, si bien qu'aujourd'hui, des mois après la fermeture de l'école, tandis que je n'ai toujours pas trouvé l'énergie de partir à l'aventure – un projet de longue haleine alors que j'ai le souffle court – et que j'essaie surtout de guérir de cette fièvre qui va et qui vient sans la moindre jouissance et qui me fait faire des rêves de tracteur, je me retrouve devant elle, Julie, en état plus de choc que de grâce. De la surprise plus que de la joie. De l'agacement plus que du soulagement.

Elle a changé. Elle a maigri, nous avons tous maigri, elle est verte, nous sommes tous verts. Il lui manque de petits morceaux ici et là, mais rien de trop apparent. Un ongle arraché, un fragment d'oreille mordu sans doute par un pervers de forum de discussion, un orteil amputé, mais je ne le sais pas encore. C'est surtout le regard qui s'est transformé. L'étincelle s'est tue, l'arrogance amusante s'est dissipée, il ne reste qu'un peu de tristesse au cœur du vide.

— Ça va ? T'es…

— En vie. Oui, ça va. Je voulais pas te faire peur. J'étais contente que tu sois là.

— C'est correct. Tu m'as réveillé, c'est tout. Je rêvais.

— À quoi ?

— Rien d'extraordinaire. Mais toi… Comment… T'étais où quand c'est arrivé ?

— Chez ma mère. À Saint-Lambert. J'ai marché jusqu'ici.

— Ça t'a pris trois ans ?

— Ben non, épais. Ma mère est morte hier. J'étais plus obligée de rester là-bas. Je suis venue ici.

— J'ai encore ta brosse à dents.

— Il me reste presque plus de dents…

Elle me montre ses gencives dégarnies. Cette idée de traverser l'Atlantique sur la *Grande Hermine*, aussi.

— T'es-tu ennuyé de moi, Matthieu ?

— Ben… Au début, oui. Après ça j'ai eu moins le temps.

— On a juste ça, du temps, non ?

— J'ai essayé de m'occuper de Maude. Elle a jamais fleuri, elle est morte avant.

Julie s'assoit lentement sur le lit, à côté de moi. Elle glisse sa main vers la mienne. Je dépose mes doigts sur les siens. Je ne ressens rien. Ce monde-là n'est plus pour nous, ensemble. J'ai survécu seul, je ne pourrai pas partager le reste de ma survie avec Julie.

— Ça marchera pas, Julie. Je serai pas capable. Tout a trop changé.

— Je sais. Je suis d'accord. Je voulais juste voir… Sentir si…

— Je comprends.

— Est-ce que ça te dérangerait qu'on fasse l'amour ?

— J'aimerais mieux pas.

— OK. Est-ce qu'on peut se coller un peu ?

Je l'attire vers moi. Nous nous étendons. Elle met sa tête dans le creux de mon épaule, puis nous accordons nos respirations.

— T'es bouillant, Matthieu.

— C'est juste un petit rhume. Inquiète-toi pas.

*

Nous avons dormi jusqu'au surlendemain sans bouger d'un centimètre pour ne pas réveiller l'autre. Puis j'ai toussé, Julie aussi, et nous nous sommes levés, machinalement, comme il y a longtemps, j'ai cru qu'elle irait faire du café dans la cuisine, que je mettrais du pain dans le grille-pain.

— Avant je lisais le journal, le matin comme ça, avant d'aller travailler. Je m'ennuie du journal.

Elle dit ça comme si le camelot l'avait oubliée depuis deux jours, sans hargne et sans désespoir, comme si le camelot reviendrait demain.

— Tiens, tu peux lire ça, si tu veux.

— C'est quoi ?

— Le roman que je suis en train d'écrire.

Je lui donne la première moitié de mon roman. Jusqu'ici.

OK, une ligne de plus. Jusqu'ici.

Julie viens voir Matthieu. Passe la nuit ensemble. Ne pense pas que ça va marcher

20 Cœurite

⁂

— J'aime pas ça.

— Quelle partie ?

— Tout. Les chapitres, l'histoire, les jokes. C'est juste… pas vraiment bon… Il se passe rien. C'est ben trop statique. Personne va croire à ça, une fin du monde de même.

— Oui, mais c'est ça qui s'est passé.

— Je sais, mais c'est pas réaliste. Pis ton rêve, à la fin, c'est vraiment n'importe quoi.

— C'est un rêve.

— Peut-être, mais c'est n'importe quoi. On dirait que t'as plogué toutes les jokes plates pis les mauvais jeux de mots que t'avais pas réussi à ploguer jusque-là…

— En plus, c'est même pas la fin, c'est le milieu. Il m'en reste encore la moitié à écrire. Tu vas voir, ça va être moins statique.

— Ah oui ?

— Oui. Je m'en vais. Je pars le plus loin possible.

*

Julie me suit à l'extérieur. Je traîne le troisième tiroir au complet, le fameux troisième tiroir où se trouvent les outils les plus vulgaires, ceux qui ne méritent pas un coffre. Un tournevis, un petit marteau, un X-Acto, des trombones, des vis, des écrous, un ruban à mesurer qui ne s'enroule plus que si on le convainc très fort. J'ai une porte de garage à dégager.

— Monsieur Simard Clacicss. Ça te va bien.

Julie ne me croit pas. Elle pense comme elle a toujours eu l'habitude de penser que je n'aurai pas le courage d'aller jusqu'au bout. D'ordinaire, elle aurait raison, mais pas cette fois-ci. J'irai loin. Mais d'abord, je dois détruire la couche de poussière figée qui obstrue la porte du garage.

— Tu penses vraiment qu'elle va partir, ta moto ?

— Oui.

— Même quand elle était neuve, elle partait pas…

— Elle va partir.

Je m'attaque à la porte, cognant du marteau le tournevis sur la poussière qui s'effrite un grain à la fois.

— Tu sais ce que je comprends pas avec ton roman ?

— Non.

— Je comprends pas pourquoi tu mets autant de vieilles références. Y a plein de *Pied de poule*, des vieux commerces, des vedettes de quand on était petits. C'était-tu vraiment nécessaire de mettre 6/36 ? La 6/49, ça aurait pas marché ?

— Non.

— Non ?

— Non. Y a des choses qu'y fallait que j'écrive comme ça. Les vieux souvenirs, c'est important.

— Je comprends pas.

— Je sais que je suis pas le seul, mais j'ai tout perdu. J'essaie de pas y penser, mais c'est dur. Mon père, ma mère, mon frère, mes amis, ils reviendront pas. Fait que toutes mes références, quand j'écris, ça peut pas être des souvenirs trop récents, ça fait trop mal. Alors je mets des vieilles affaires. Des affaires que j'ai vues, que je connaissais avec eux dans le temps, mais qui ont eu le temps de finir. Des souvenirs de quand on était bien, pis qui ont arrêté d'exister ben avant que ça aille mal. Des références à des beaux moments de quand ils étaient là. Pis pas des moments de quand ils sont partis.

Je casse le béton le plus fort que je peux, le plus vite, la douleur et la colère sont des moteurs puissants, je suis un cheval-vapeur, je ne m'arrête pas, et bientôt la porte est entièrement dégagée.

— Pis je m'en fous que tu l'aimes pas. Ça me dérange pas, c'est pas pour toi que je l'écris. Il est brouillon. Il est crotté. Il tient pas droit, il est toujours sur le bord de tomber. Il a été écrit avec de la poussière entre le papier pis la pointe du stylo. C'est pour ça que tu l'aimes pas, mais je m'en fous.

Julie ne dit rien. J'ouvre la porte du garage avec difficulté. Je pose un genou par terre, autant d'efforts m'ont épuisé, mais je suis prêt à partir, loin, très loin, lentement, vers les autres ou vers rien.

— Tu peux rester ici, dis-je. La Source est pas loin, les gens sont fins. La maison est solide.

— Y a ma brosse à dents.

— Y a ta brosse à dents, oui.

Je serre Julie dans mes bras, fracassant sa clavicule. Elle me casse une côte en retour.

— Tu restes même pas un peu ?

— Il faut ben que je parte si je veux finir à la plage.

Julie l,s livre à Matthew aimepa
Matthew part avec mom à la plage.

21 La 327, la 329

*

J'avais sorti tous mes REER pour m'acheter un Schuberth S2 – une pantoufle pour ta tête, m'avait dit le vendeur. En plus, les couleurs matchaient avec celles de la moto, si c'était pas un bel investissement, ça : un casque confortable pour le pied que j'avais au-dessus des épaules, d'esthétique avantageuse et de même valeur que le rein que j'allais donner si je me pétais la gueule dans une courbe sur la 327 passé Lachute. Un casque parfait.

Un casque que je vais aujourd'hui laisser dans le coin du garage parce que, entre mourir au bout de mes poumons et mourir le crâne fendu jusqu'aux oreilles, je n'ai pas de préférence. Idéalement, je ne meurs pas avant la fin de mon histoire, mais ce n'est pas le genre de vœu qui est permis, pas avec cette chaleur, pas avec l'épidémie d'on-ne-sait-quoi qui décime le quartier plus rapidement que d'habitude.

C'est une Aprilia RSV4 RR 2016, au centre du garage comme un trophée de vieux nostalgique qui se rappelle qu'un jour quand il avait vingt ans il roulait sur ce genre de bête en pensant que ça impressionnait les passants. Avant J.C., elle servait surtout à être admirée, je n'avais ni le temps ni les articulations pour la chevaucher souvent. Et elle démarrait une fois sur dix ; j'étais tombé sur l'exemplaire assemblé un vendredi après-midi par Giacomo avec un verre dans le nez – casual friday pompette à l'usine de Noale.

Il faut que, cette fois-ci, elle démarre. Qu'il reste un tout petit peu de jus dans la batterie, que la bobine du démarreur ne fige pas, que l'essence soit encore bonne, que l'huile soit plus Valvoline que plasticine, que tout se passe comme ça ne s'est jamais passé avant.

*

Où ai-je rangé la clé ?

*

Dans le troisième tiroir.

*

Julie est restée à l'intérieur de la maison, de peur que la moto refuse de coopérer et qu'elle doive gérer ma colère. Elle retrouve ses vieilles choses que je n'ai pas touchées depuis trois ans, ses livres épais comme ça, ses aiguilles à tricoter, ses deux mijoteuses, le sofa, la télé éteinte, une chaussette trouée, une tuque trouée, un passé troué.

Je tourne la clé. Les témoins lumineux m'éblouissent – avec le temps, nos yeux se sont habitués à l'obscurité constante, et ces lumières rouge et orange m'étourdissent. Je n'attends pas plus longtemps, j'appuie sur le démarreur, une petite prière silencieuse aux dieux de la combustion interne, gnnn, gnnn – c'est le vrai bruit, authentique je le jure, gnnn, gnnn –, puis au troisième, le gnnn s'emballe et se transforme en rââââââ. Fumée bleue, odeur immonde, bonheur immense. Je laisse tourner le moteur une minute ou deux, il ne faudrait pas qu'il cale, je me concentre sur mes connaissances de pilote – trois ans que je n'ai pas roulé, et jamais sur un terrain aussi cahoteux.

Il me faudra rejoindre l'autoroute pour pouvoir réellement avancer, ce n'est pas joué, je le sais, mais je dois essayer. Julie se pointe à l'orée du garage, un sourire timide aux lèvres, le soulagement évident de savoir que je ne resterai pas auprès d'elle. Elle ne veut pas plus de moi que je veux d'elle. Je lui fais un signe de la tête qu'elle me rend. Nous ne nous dirons pas adieu, mais nous le penserons. Nous ne nous embrasserons pas, mais nous nous remémorerons la fois du Burger King à Blainville.

Je roule plus lentement que si je marchais, les débuts sont acrobatiques, mes pieds traînent sur le sol, la moto m'entraîne d'un côté, de l'autre, s'enfonce dans la poussière puis en ressort, pourquoi n'ai-je jamais voulu de motocross ?

Après quelques centaines de mètres, je m'améliore. Je comprends comment les nouvelles routes fonctionnent, leurs mouvements, leur respiration, et je vais plus vite, treize, parfois quatorze kilomètres-heure, une fusée. J'ai mal à la main gauche à force de devoir embrayer tout le temps, mais j'avance, j'avance, et chaque mètre me rapproche du loin loin que je vise. Sur les trottoirs, les gens sont sortis pour voir d'où venait ce bruit. Il y a de moins en moins de survivants, la ville se vide de vie, bientôt nous serons fantômes, et ce n'est pas ici que je le deviendrai. Ils me regardent passer.

J'aime croire qu'ils m'admirent. Sur ce chemin au ralenti, en ville, les zigzags entre les véhicules morts, les objets évachés, les débris d'édifice, je me sens invincible, sans casque et sans peur, ils me regardent tous. Elles me regardent toutes.

Il y a vingt ans, je roulais vite et je pensais qu'elles me regardaient, toutes les filles de l'univers, je les imaginais fondre sur mon passage, le bruit, la vitesse, elles s'en foutaient c'est sûr, mais je préférais croire qu'elles fondaient. Je risquais ma vie sur les routes entre Lachute et Morin-Heights, et je me trouvais viril.

Toutes les filles de l'univers, maintenant, ne sont que quelques-unes, mais elles sont assez captivées par mon passage au hurlement motorisé pour me faire revivre la fureur de mes premiers tours de roue.

*

J'ai atteint la 40, qui avait été déneigée de toute la poussière du début, mais que le vent a recouverte un peu depuis. Je ne pourrai pas briser de record de vitesse, mais j'avance assez pour sentir le vent sur mes bras, dans mon visage, quelques larmes naissantes, j'irai loin.

J'ai environ pour cent soixante-dix kilomètres dans le réservoir, si je ne tombe pas avant. Après, je marcherai.

Je continue à rouler et il n'y a plus personne pour me regarder passer. Je suis un spectacle sans spectateurs, un cirque dans le désert. Et il fait froid. Pas frais. Froid. C'est la canicule depuis trois ans, printemps été automne hiver la chaleur la sueur le poids de l'eau dans l'air, mais hors de l'île il fait froid. Sec.

Il n'y a plus personne ici.

Matthieu part sa moto et s'en va de la ville sans dire adieu à Julie.

22 Entendre ce qu'ils se racontent

Pout pout pout. Cette fois-ci, ce n'est pas une reproduction exacte du son de ma belle Italienne, davantage une interprétation libre de mon état d'esprit quand, en plein milieu de l'autoroute, entre nulle part et le vide, le moteur s'arrête. Ma dernière promenade aura été lente et linéaire, les cheveux trop sales pour onduler au vent, les doigts gelés, les genoux éteints. Ça fait vingt ans que je n'aime plus la moto et que j'essaie de me convaincre du contraire, il était temps que ça finisse.

Je dépose la moto sur son flanc, j'ai toujours rêvé de faire ça. M'arrêter, ne pas baisser la béquille, ne pas faire attention, la laisser tomber sur le côté et m'en aller sans regarder en arrière – j'ai toujours rêvé d'être dans un film, semble-t-il.

Je marche sans destination, en prenant tout mon temps, le pas lent, le pied lourd, je suis big time Éric Lapointe, *en chemin la crasse est de mise, et c'est pourquoi je m'en déguise, destiné sans aucun doute, à longer les autoroutes.* Tout le monde ensemble : *poussé par…*

Mon élan de cuir est interrompu par une voix, puis une autre. Des conversations venues des entrailles de l'autoroute. Par ici, il fait froid, et les gens ont peur, je le sens. J'ignore ce qui s'y est passé au cours des dernières années pendant que chez moi la canicule et l'amour nous rassemblaient, mais les quelques survivants qu'il reste dans ce coin de campagne se cachent, ou n'existent même pas.

La fièvre m'invente-t-elle des conversations dans les fossés, dans la forêt, derrière cet arbre, sous ce rocher ? Je ne les vois pas, mais ils se chuchotent fort des mots de fin des temps, comme s'ils voulaient que je sache leurs questions, que j'entende leurs émois. Je ne suis pas pressé, je les écoute.

⁂

— C'est toute de notre faute, je te le dis, moi…

— Tu le sais pas. J'ai rien fait, moi.

— Tu faisais quoi, quand c'est arrivé ?

— Ben… C'est pas… c'est pas de tes affaires…

— Je te le dis, c'était pas une coïncidence.

⁂

— Y m'en reste pus pour longtemps, chérie…

— Je sais, mon cœur. Je suis là.

— T'es pas obligée de rester. Je veux pas que tu te souviennes de moi comme ça.

— Je vais pas te laisser tomber de même.

— T'as passé ta vie à t'occuper de moi… J'ai toujours été faible…

— T'as toujours été gentil.

— C'est de valeur que ce soit survival of the fittest. J'aurais pris survival of the kindest…

*

— Te demandes-tu ce qu'il y a ailleurs, des fois ?

— Non, pas vraiment.

— Genre, en Europe ? Peut-être qu'ils sont encore corrects ? Peut-être qu'ils ont rien eu ?

— Ils seraient venus nous aider…

— Peut-être pas. Ils préfèrent peut-être nous laisser crever, pis revenir après pour recoloniser.

— On serait peut-être mieux d'aller les voir avant, d'abord.

— Oui. Ça se rame-tu, l'Europe ?

— Sinon on prend le pédalo.

*

— Tu le sais, han, pourquoi ça nous est arrivé à nous ?

— Pourquoi, Richard ?

— C'est une punition. On était rendus tellement pourris, tout le monde, toute la planète, que le bon Dieu a décidé de nous effacer, parce qu'on le méritait pas, de continuer. On était rendus insensibles à tout, les pires horreurs nous dérangeaient même pus. C'était quoi, le film de cul qu'on a regardé ensemble la veille ? *Trisomie 69*, ça s'appelait. Tu te rends compte ? On regardait ça pis on s'en crissait. Pus aucune sensibilité à rien. La vitesse que ça nous rentrait dedans, toutes les atrocités, chaque seconde on en voyait une, pis une autre, pis une autre, pis ça nous faisait pus rien. On s'indignait cinq minutes, tu t'en souviens, on chialait un peu, pis on oubliait. Sauf qu'au fond de nous on avait honte, pis c'est cette honte-là qui a causé tout ça. Le bon Dieu l'a senti, pis y nous a punis.

— C'était peut-être juste un volcan, aussi.

⁎

— Je t'aime. Tu le sais, han ?

— Tu le dis tout le temps.

— C'est parce que c'est vrai.

— Ça va être vrai même si t'arrêtes de le dire.

⁎

— J'avais soixante-quinze mille piasses dans mes CELI, moi. De l'argent que je verrai pus jamais, que j'aurais pu dépenser sur des niaiseries. Je t'aurais acheté un char.

— J'en avais déjà un.

— Je t'aurais emmené à Hawaï.

— Bon, là tu parles. Comme ça, on serait morts là au lieu d'ici. On aurait pas gelé autant.

— Pis à Hawaï, je t'aurais acheté un char.

*

— Oui, mais chérie… Pourquoi je serais fidèle ? Y a pus rien. Pourquoi je me conformerais à des normes qui existent plus ?

— Ben… pour moi ?

*

— Te souviens-tu, dans le temps… ?

— Pas encore ça…

— Avant les GPS…

— Qu'est-ce qu'y avait avant les GPS ?

— On se perdait. Quand on allait chez quelqu'un pour la première fois, on se perdait. Il nous avait donné le chemin au téléphone, pis on avait noté ça sur une vieille enveloppe. Y avait toujours une station-service dans les instructions. À la troisième lumière, tu vas voir un Shell, ben tourne pas, c'est plus loin. Après le chemin de fer, tourne à gauche, pis ensuite à droite. Si tu vois la pizzéria, t'es passé tout droit. On notait ça tout croche, pis on se perdait, pis on avait pas de cellulaire pour appeler la personne chez qui on allait. Fallait parler à des inconnus, qui riaient de nous.

— Pourquoi tu penses à ça ?

— Je sais pas.

*

— Donne-moi ta main.

— Pourquoi ?

— Pour qu'on se tienne par la main.

— Tu le sais que j'aime pas ça.

— T'es ben plate ! Tu m'aimes-tu ou tu m'aimes pas ?

— Tu le sais que je t'aime, mais j'aime pas ça, en public.

— Ah pis laisse faire.

Moto morte sur autoroute.
Entendu ou repense à des discussion,
toute sortes de discussions.

23 Le ballon

*

J'ai marché pendant des jours, mes pas rythmés par les syllabes des invisibles. Je n'ai plus d'eau dans mon sac à dos, mais il y a des ruisseaux partout, même en plein cœur des villages, comme si les nappes phréatiques s'étaient révoltées jusqu'à nous, pour que nous sachions que plus rien ne nous appartient, ni les routes, ni les villes, ni les champs, ni les forêts.

J'arrive à un village, désert semble-t-il, agonisant sûrement. Les serveuses les plus sexy, dit l'affiche, mais ce n'est pas la raison pour laquelle je me suis arrêté devant ce restaurant aux vitres fracassées. C'est que de l'autre côté de la route, derrière une pompe à essence rouillée, une paire de petits yeux doux me fixe. Il doit avoir six ou sept ans, garçon vagabond pas très habile à la cachette. Je n'ai pas envie de lui parler, je resterai loin de lui. J'explore le village. Des maisons centenaires qui n'ont pas tenu le coup. Un parc d'enfants. Une école aux fenêtres contreplaquées. Des traces de sang sur le sol. Au loin dans la forêt, la pointe d'une antenne de télécommunication dépasse des conifères.

Le village n'est pas vide, j'entends leur respiration, les paroles étouffées par mon passage. Je crie :

— Je suis juste un touriste. Je suis pas dangereux, je fais juste passer. Je voulais pas vous faire peur.

Derrière moi, caché contre une voiture en décomposition, le petit garçon aux yeux doux sursaute. Puis deux femmes sortent d'une maison. Un homme d'une cabane de tôle. Un autre d'un trou creusé dans le sable.

*

Avant – vous vous souvenez d'avant ? –, quand on marchait sur le trottoir, quand on conduisait nos voitures, quand on s'assoyait sur un banc pour manger une crème glacée, on évitait les regards des autres. Il y avait quelque chose d'indigeste dans les échanges de regards soutenus. C'était difficile. On regardait un autre, et dès qu'il tournait les yeux vers nous, on détournait les nôtres pour que le croisement ne dure qu'un millième de seconde, comme un hasard malvenu. On voulait regarder les autres sans qu'ils le sachent.

Maintenant c'est l'inverse. On cherche le regard des autres comme une bouée, ils sont si peu nombreux et ils vivent la même apocalypse que nous. Quand les regards se croisent, ils ne se lâchent pas sans un geste subséquent, un hochement de tête, souvent une parole.

— Bonjour.

— Ça fait longtemps qu'on n'a pas eu de touristes…

— Les routes sont pas ben belles, ça doit être pour ça.

— J'ai bien peur qu'on n'ait plus trop d'attractions intéressantes pour vous.

— Il y a vous.

Ils sont beaux et gentils et chaleureux et désespérés et souffrants et mourants. Ils sont ce que nous sommes tous. Je partage un repas avec eux, je leur raconte mon périple. Ils en avaient, des comme moi, qui sont partis pour explorer, qui sont partis au cas où, qui ne sont jamais revenus. Ils aiment croire qu'ils ont trouvé mieux qu'ici.

— Vous reviendrez nous dire c'est comment, plus loin ?

— Promis, Madeleine. Promis.

Il fait terriblement froid. Nous sommes une dizaine autour d'un feu, ils ne croient pas à ma canicule montréalaise. Un vieil homme chambranlant me donne une veste. Il se tient à mon épaule pour ne pas tomber. Je le remercie.

Plus loin, là-bas, assis sur les marches d'une ancienne épicerie, le garçon aux yeux doux nous observe. Les cheveux gris clair parce qu'ils sont blonds. La peau couleur des os. Un creux dans le menton.

Il se met à pleuvoir noir.

— Venez. On va s'abriter dans la maison du vieux. C'est la seule qui prend pas l'eau.

*

Entassés dans la cuisine, nous ne parlons plus. Quelque chose dans cette proximité forcée empiète sur nos mots. Nous nous contentons de nous réchauffer au souffle des autres. Le sang dans les craques du plancher me raconte les horreurs qui se sont passées ici, les amputations, les hémorragies, les vies qui se sont écoulées par terre. À l'autre bout de la pièce, Doux nous a rejoints. Il secoue ses cheveux, nous toussons à l'unisson.

*

La pluie a cessé. Je dois poursuivre mon chemin, le bout du monde est quelque part à l'est, là où le soleil se lève, mais le soleil ne se lève plus.

— C'est par où, l'est ?

— Par là. Tu longes la route, puis passé l'aréna, tu continues un peu vers la droite. Si tu vois la pizzéria, c'est que t'es pas du bon bord.

— Merci.

Je les salue de la main, je fais un clin d'œil à Doux, et je pars.

*

Le toit de tôle de l'aréna s'est rabattu sur lui-même et oscille sous la force du vent, égoïne géante qui chante du Cabrel en faussant. Je m'arrête devant les portes, j'aperçois quelques trophées à l'intérieur, dans l'entrée. Une bannière, champions bantam 98. Les lettres de plastique du menu de la cantine, jouant par terre à Charivari.

C'était un pan de ma vie d'avant, les arénas. Pendant mille ans j'ai joué au ballon-balai, toujours avec les mêmes gars. Pat, Martin, François, Fred, Dave, Nic, Vinnie. Mes boys à moi, loin dans le passé quand j'essayais en vain d'être en forme. Bouger. Être en gang. Mettre du tape sur un bâton. Laver mon stock. Manger des pâtes les soirs de match. Manger des pâtes. Manger.

J'ai besoin d'un peu de paix. De m'arrêter. Les gradins, m'imaginer une poutine d'aréna, un grilled-cheese. Une orangeade. Le sifflet des arbitres.

J'ai besoin de rentrer à la maison, courbaturé, une petite bière tiède dans le corps, content de la passe que j'ai faite à Frank sur le deuxième but. J'ai besoin de m'écraser sur le sofa, d'allumer la télé et de regarder Bob Ross peindre une montagne pour m'endormir.

J'ai besoin de phtalo blue sur une thin coat of liquid white, de sa voix frisée, d'un peu de répit mais il n'y a plus grand-chose qui ressemble à un paysage, ici. Des débris et des blocs de béton, un peu de mousse sur un coin, un champignon. Je dois continuer. L'ailleurs que je cherche n'est pas ici. The country will bring us no peace, comme disait Williams.

Je marche. En retrait, Doux me suit, je le sais, mais j'essaie de l'ignorer.

rencontre groupe de personne. part et rentre dans un arina → souvenirs

24 Torticolis

*

Il était temps.

Des années de fin du monde et pas encore l'agonie, il y a quelque chose d'injuste là-dedans. Je ne crois pas avoir mérité autant de clémence, pas aux côtés de toutes ces bonnes gens qui ont souffert bien plus tôt, mais ma santé périclite enfin. Oui, il était temps.

Ce n'est plus une simple fièvre à temps partiel. J'ai l'intérieur qui explose constamment, des brûlures comme si j'avais avalé le briquet de l'auto de papa, des décharges électriques dans mes veines comme si j'avais mis dix mille piles 9V sur ma langue. Des hallucinations, des migraines, les extrémités grisâtres, le ciel qui m'écrase.

Je ne sais pas comment j'ai fait pour rester en vie aussi longtemps. Au cours des dernières années, j'ai été témoin de toutes les répugnances possibles, toutes les peines et toutes les larmes, toutes les douleurs et tous les derniers souffles. Il y a eu de tout, je ne vous en ai pas trop parlé parce que je préférais ne pas y penser, ne pas revoir les gens qui crèvent au bout de leur pus, au bout de leurs cris. Des infections, des virus, des blessures mortelles, des cancers bien sûr, et tant de maux inconnus. Tellement de douleur, il y avait un bruit de fond de lamentations que j'ai appris à ne pas entendre. Je n'en ai pas parlé parce que je n'en étais pas capable. Ce n'est jamais devenu la routine, jamais le quotidien. C'était toujours l'horreur et la peur, mais je ne pouvais pas l'écrire sans vomir, alors j'écrivais autre chose. Mes petites choses en santé. Je ne sais pas pourquoi, moi, j'ai survécu aussi longtemps. J'ai passé le plus clair des trois dernières années à attendre mon tour et il ne venait pas. Ce sont peut-être mes débuts en isolement qui m'ont sauvé. Ma relation avec Maude. La Source qui n'était pas loin. Un bon métabolisme. Une pomme par jour quand j'étais petit.

Je ne vais plus bien. Mon tour est presque venu, et j'hésite entre la joie et la peur. Dans trois tours de montagnes russes, ce sera à moi d'embarquer dans le petit wagon. J'ai attendu des heures en file pour ce moment, et maintenant que j'y suis je me sens soulagé. Mais ce sont les pires montagnes russes de La Ronde, et on dit que le tour est interminable, la tête en bas, les secousses, les haut-le-cœur pendant des jours avant d'arriver à l'arrivée et de dire que je l'ai fait, voilà, que j'ai attendu tout ce temps pour ça, hourra.

Jusqu'à la fin, j'imaginerai qu'il ne me reste que quelques minutes à vivre, en réalité ce sont des semaines, on calcule mal dans la douleur tout ce que le corps peut endurer.

*

Je vomis.

Derrière, dans l'herbe haute qui a vaincu la poussière, Doux s'est assis et me regarde. Il y a trois maisons le long du rang sur lequel je me suis engagé. Dans l'une, la lumière d'un feu.

J'espère qu'il y a là une femme. Je suis de retour au début, à un désir purement physique, à la volonté d'une extravagance sexuelle sans sentiments, à une pulsion de crier à la planète que je suis encore en vie. Au besoin de fourrer mon être dans un autre pour que des retailles de moi y restent prises. Exulter pour ne pas mourir oublié. Une dernière baise avant de crever. Mon orgasme du cygne.

J'utiliserai une fille, elle m'utilisera peut-être aussi.

*

Je n'ai même pas à entrer dans la maison. Elle en sort, javellisée, je ne connaîtrai pas son nom, ce sera Blanche pour moi, le teint si pâle que ce sont ses veines qu'on voit en premier, un réseau capillaire qui s'avance vers moi, et deux yeux exorbités, bleus comme plus rien qui existe, ni le ciel ni la mer, elle irradie dans l'obscurité. Elle boite. Elle frotte son cou comme si elle voulait arracher sa tête à petit feu.

— Tu veux quoi ? demande-t-elle la voix rauque comme le sol.

— Je sais pas.

— J'ai pas d'argent. J'ai pas de nourriture. Je peux te donner un peu d'eau.

Il n'y a pas de pick-up line pour ces occasions. Je bafouille. Je regarde le sol. Je ne veux pas de son eau. Ce qu'il me faut est plus viscéral, mais les fondations sur lesquelles je suis bâti m'empêchent de lui dire que je ne voudrais que baiser. Où sont les peaux d'ours, la petite bouteille de rouge et Netflix quand on en a besoin ?

Ce ne sera pas une scène de viol, j'en serais incapable. Depuis le début, je ne suis pas ça, je ne le deviendrai pas aujourd'hui. Je fais non de la tête.

— Rien. Je veux rien. As-tu besoin de quelque chose, toi ? J'ai des légumes.

Les gens du village ont rempli mon sac de racines semi-délicieuses et de laitue rocailleuse. Je sors un navet et je le lui offre. Elle décline, puis me fait signe d'attendre et retourne dans sa maison.

Quand elle en ressort, c'est avec une grosse corde à la main.

— J'ai pas la force de faire le nœud. Es-tu capable ? Moi, mes doigts plient plus.

Elle me tend la corde, l'autre main caressant son cou, les yeux bleus comme rien qui existe, ni l'espoir ni l'avenir. Je prends la corde. Plus loin, Doux s'est caché derrière un arbre. Il nous observe. J'essaie de lui faire dos, mais il se déplace. Je me tourne, me retourne, il contourne.

Il veut savoir ce que je vais faire de cette corde.

le corps de Matthieu Luche. raconte attachée qu'il a vécu. et celle blanche à se suicider.

25 Tom Waits

Des jours qu'il me suit, toujours à distance, sans dire le moindre mot. Seuls les yeux doux fixés sur moi et les pieds dans mes pas. J'ai essayé de courir pour le semer, mais j'en ai été incapable, j'ai les genoux d'un octogénaire et le cardio d'un moi à environ n'importe quel moment de mon existence.

Je suis plié en deux, je crache mes poumons encore plus que d'habitude, une chaleur de forge vient figer le froid sur ma peau, j'ai mal partout. J'ai couru trois mètres. Doux m'a rejoint. Je m'attends à ce qu'il rie de moi ; il demeure sérieux, du creux dans les yeux. Il s'assoit par terre à mes pieds, je m'effondre comme la Place Ville Marie.

— Je m'appelle Thomas.

— Pas moi.

— Ah.

Il a huit ans, en a l'air de six. Bonne santé. Vaccins à jour (mais un autre jour). Bien éduqué. Poli/polisson. Curieux.

— Vous faites quoi ?

— Qu'est-ce que tu veux dire ?

— Vous allez où ? Je vous ai entendu dire au village que vous alliez vers l'est, mais qu'est-ce qu'il y a, à l'est ?

— Je sais pas. Peut-être rien. Je m'en vais pas vraiment quelque part. J'aimerais juste arriver à un endroit où je serais bien pour… ben… pour…

— Pour mourir.

— Oui.

— Moi, mes parents sont déjà morts. C'est ma mère qui a été la première. Après ça, ç'a été mon autre mère.

— Qu'est-ce que t'as fait ?

— Rien. Je les ai laissées là.

— Je veux dire… Qu'est-ce que t'as fait pour survivre, après ?

— Rien de spécial. J'ai fait comme elles m'avaient appris. Mes mères, elles étaient super débrouillardes. On faisait du camping tout le temps. Elles m'ont montré plein de trucs.

Thomas ne sourit pas, malgré la fierté qui transpire de tous ses pores. Ses mères lui ont probablement montré le malheur, aussi.

— Je comprends pas pourquoi tu me suis…

— Pour rien. Je m'ennuyais à la maison. Je voulais voir c'était où, l'est.

— Tu devrais retourner chez toi. Je suis pas une bonne personne à suivre.

— À cause de la corde ?

— À cause de tout.

— C'est trop loin, chez moi. Je vais continuer avec vous.

— Et qu'est-ce que tu vas faire ?

— La même chose que chez moi.

— C'est-à-dire ?

— Je vais attendre.

— T'attends quoi ?

— Rien. J'attends, c'est tout.

Thomas attend.

*

Nous avons passé des semaines côte à côte, Thomas et moi, à attendre. Il faisait de plus en plus froid. Chaque matin, je ne pensais pas pouvoir être plus malade que la veille, et pourtant.

Thomas prenait soin de moi mieux que je pouvais prendre soin de lui. Il me donnait à boire, me faisait manger des herbes qu'il disait médicinales, j'y croyais tellement que j'allais mieux. Pendant des semaines, par respect pour le drame qui se jouait partout depuis si longtemps, nous n'avons pas souri une seule fois, mais ces mois avec Thomas ont été les plus beaux de ma fin du monde.

*

Thomas et moi patientons sur le chemin vers nulle part. De temps en temps, il me questionne sur les choses qu'il ne comprend pas.

— C'est quoi le but de l'amour ?

— Le but ?

— Ça sert à quoi, aimer ?

Je ne sais jamais quoi lui répondre, je feins souvent un malaise, le temps de réfléchir. Il n'est pas dupe, mais il n'est pas pressé.

— Au début, quand la poussière est tombée sur nous, je suis resté enfermé chez moi pendant trois mois. Quand je suis sorti, j'ai voulu baiser. Ç'a été ça, mon objectif.

— C'est quoi, baiser ? Donner des becs ?

— C'est faire l'amour. Coucher avec une fille.

— Faire le sexe ?

— Oui. Faire le sexe. Au début, j'ai voulu faire le sexe beaucoup. Avec beaucoup de filles.

— Ç'a marché ?

— Oui, dans le sens où je l'ai fait beaucoup. Mais ç'a pas donné le résultat que je voulais. Je pensais que ça me ferait du bien, mais c'était pas vraiment de ça que j'avais besoin. Tu comprends ?

— Non.

— Alors après j'ai pensé que, ce que ça me prenait...

— ... ce que ça vous prenait pour quoi ?

— Pour... euh... pour être bien, j'imagine. Ce que ça me prenait, c'était de trouver une fille dont j'allais être amoureux. Ça, tu dois comprendre ça ?

— Oui. Vous l'avez trouvée ?

— Oui.

— Ç'a pas marché, ça non plus ?

— Non. Vraiment pas, non. Elle est morte, j'ai eu de la peine, c'était...

— Vous avez pleuré ?

— Oui.

— Moi aussi, j'ai pleuré quand mes mères sont mortes.

— C'est normal. Après ça, j'ai plus rien voulu savoir des filles. Pis après ça, j'ai voulu rebaiser. Refaire le sexe, avec la première venue, mais ç'a pas marché non plus. Tu comprends ?

— Alors... Ça sert à quoi, aimer ?

*

Thomas et moi sommes assis dans le vide. Nous flottons dans les airs, blottis dans un nuage. Étendus sur un coussin de rien, nous buvons des gouttes noircies de suie malodorante. Des flocons gris foncé. Des glaçons opaques.

— J'ai froid, dit Thomas.

— On va magasiner ?

— OK.

Nous redescendons sur terre et marchons jusqu'au fond du champ, là où une cabane à sucre attirait jadis les foules. C'est là qu'il y a le plus de cadavres dans les environs. La plupart des corps sont déjà réduits en compost, *the sky cracked open, and the thunder groaned, along a river of flesh, can these dry bones live ? Take a king or a beggar, and the answer they'll give is we're all gonna be just dirt in the ground.* Nous en trouvons des plus frais, des récents, et nous les déshabillons. Des manteaux, des gants, d'autres manteaux, des cotons ouatés et des tuques.

Nous aurons assez chaud pour traverser la nuit.

Matthieu parle avec Thomas de l'amour. [illegible] les vrais autres entraide.

26 Un deux trois quatre cinq six sept huit neuf dix

*

C'est comme dans les films de cowboys à Télé-Métropole. L'intensité, la démarche, la dégaine. Dos à dos, dix pas, on se retourne et on se tire dessus. Sauf que nous n'avons pas de fusil, et eux oui.

*

Nous les avons vus de loin, sur le sentier balisé dans la forêt que nous traversions, protégé de la pluie et des chutes de suie par le mince feuillage des arbres. Ils arrivaient à contresens, l'air louche, un homme et un garçon qui pourrait être son fils, poussant un panier d'épicerie. Quand ils nous ont vus à leur tour, ils se sont immobilisés, se sont regardés, inquiets. Puis l'homme a sorti une arme, la tenant contre son flanc, pendant que le petit se cachait derrière lui.

Thomas a eu peur. Il m'a pris la main.

— On continue, ai-je dit. On leur veut pas de mal, ils nous feront rien.

Ils ont repris leur marche vers nous, le pas anxieux. J'évitais leur regard, je fixais l'arme de l'homme.

*

Nous ne sommes plus qu'à quelques mètres de l'homme et du petit. J'ose un regard vers leurs visages. La terreur dans les yeux, ils ont dû voir des choses que nous n'avons pas vues, être menacés comme nous ne l'avons pas été. Leur panier roule difficilement sur la terre battue. Leurs pas hésitants m'effraient, un tremblement dans la main de l'homme, son index sur la détente. Thomas se soude à moi.

L'homme dit quelque chose au petit, à voix basse. Le petit réplique. Ils parlent anglais sans ponctuation et quand ils se répondent ils ne mettent même pas de tirets.

Nos pieds s'enfoncent de quelques centimètres dans le tapis de feuilles humides qui jonchent le sol aux abords du sentier. Ils ont un panier, j'imagine que ça leur donne la priorité de passage. Je tente un geste courtois de la tête alors qu'ils nous croisent. Ni l'homme ni le petit ne répondent. Ils continuent leur avancée dans la forêt, vers l'ouest. Les yeux au sol.

Ils sont passés. Nous poursuivons notre chemin. Dos à dos. Le duel des films de cowboys, mais nous n'avons pas de fusil, eux oui. Je compte dans ma tête.

Un deux trois quatre cinq six sept huit neuf.

Dix.

Je me retourne d'un coup sec. Ils courent, plus loin, s'enfuient comme si nous étions le danger, trébuchent sur une racine, tombent, se relèvent, brassent leur panier à droite, à gauche, sans jamais nous regarder.

Leur route sera longue. Je n'ai pas osé leur dire qu'il n'y a rien à l'ouest qui vaille la peine, de peur qu'ils me disent la même chose à propos de l'est.

rencontre un homme avec son fils qui vont vers l'ouest

Tom Waits, encore

Je ne pensais pas attendre aussi longtemps. Pourtant, le temps n'existe plus depuis des mois, et j'apprécie chaque moment avec Thomas, chaque parcelle de cette paix que nous confère la volonté de ne rien faire, mais je ne m'attendais pas à survivre autant.

La maladie qui érode mon corps travaille avec parcimonie, une cellule à la fois, une pincée par-ci, une nécrose par-là, jamais assez pour m'immobiliser, jamais assez pour me convaincre que je suis rendu à la fin. La douleur est devenue habituelle, des mois à souffrir m'ont fait oublier ce que c'était que de ne pas souffrir. J'ai mal, toujours un peu plus, mais quand Thomas me demande comment ça va, je réponds toujours bien.

Depuis notre duel avec les Anglais, il me tient constamment la main. Parfois, je fais semblant que ça me dérange pour qu'il serre plus fort.

*

Le jour se lève à peine et déjà Thomas revient du ruisseau avec la cruche remplie de survie. Il a fait un cauchemar cette nuit mais je ne lui en parlerai pas. J'ai réussi à le calmer sans le réveiller, minuscule insecte aux huit manteaux, les yeux doux et le coude pointu, il m'a sans doute percé un poumon en luttant contre les monstres de ses rêves.

— La pluie est de plus en plus noire. Ça salit le ruisseau, c'est de plus en plus dur de trouver un endroit où l'eau est claire.

— T'as pas eu froid, cette nuit ?

— Non. J'ai super bien dormi. Toi ?

— Oui, moi aussi. On marche aujourd'hui, ou on prend ça relax ?

— On marche.

Nous marcherons. Ma cheville est enflée. Je ne la lui montre pas.

— Je me suis fait piquer au ruisseau.

— Par quoi ?

— Je sais pas. J'ai pas vu. Mais regarde, j'ai une piqûre ici.

Thomas soulève son pantalon et pointe une rougeur sur son mollet.

— C'est la première fois, non ? Ça doit être bon signe.

— Oui. Ça doit. Si y a des insectes, c'est que ça va mieux. On est sur la bonne voie.

— Oui.

*

Alors que Thomas broie des feuilles pour me faire une tisane froide, un cri à raser des forêts nous fait sursauter. Puis le silence. Thomas me tire par la manche, il a la fibre paramédic plus forte que moi.

— Il faut qu'on aille voir !

Nous courons du mieux que nous pouvons – très mal – vers l'origine de ce hurlement dont l'écho résonne encore dans mes os. Quelques secondes seulement.

Aux abords du ruisseau, près des vestiges d'une cabane de chasseur, une femme est étendue. Des jets de sang sont projetés de sa gorge. Elle a dû glisser et se trancher le cou sur la plaque de métal qui servait de toit à la cache. Je fige un moment, tout ce sang qui exulte jusque dans le ruisseau, cette femme égorgée, Clint Malarchuk avant le HD, la panique. J'essaie de cacher les yeux de Thomas, mais je sais que je n'y arriverai pas.

Il n'y a personne d'autre autour. Si nous avions été plusieurs, personne n'aurait bougé, nous l'aurions regardée mourir, tous nos yeux écarquillés, effrayés, trop peureux de devenir celui qui n'aura pas su la sauver, nous l'aurions regardée se vider de son sang, un bonhomme Kool-Aid qui défonce la peau de son cou à chaque battement de cœur. Oh yeah.

Mais je suis seul avec Thomas, personne ne me jugera, personne ne pensera que je ne sais peut-être pas ce que je fais, alors je me lance sur elle et j'enfonce deux doigts dans sa gorge, et je bloque le trou, c'est magnifique, je suis invincible, elle ne saigne presque plus. L'as des premiers soins. Mais dans l'action ensanglantée, je n'ai pas considéré que les deuxièmes soins n'arriveront jamais, que les sirènes de l'ambulance se sont éteintes depuis longtemps. Une minute, le temps n'existe plus, elle meurt autour de mes doigts. Elle sourit, je crois, et je comprends que peut-être, peut-être elle n'a pas perdu l'équilibre. L'aide médicale à mourir version gore. L'aide métallique à se vider de son sang. Mourir le sourire aux lèvres, les doigts d'un homme au plus creux d'elle-même, quelque chose de semi-romantique, une chanson country qui finit mal, la guitare désaccordée qui explose nucléaire dans mon visage en un amas de notes heavy métal. Bonne nuit, femme au bout de son sang. Je retire mes doigts de son aorte et je me tourne vers Thomas. Je cherche le choc dans ses yeux, je ne le trouve pas. Impassible, il s'assoit près de moi en regardant le corps de la femme. Nous resterons là jusqu'à ce que les loups arrivent.

*

Le choc, c'est moi qui le vis. Réfugié sous un pont pour éviter la pluie, je n'ai plus trop envie d'attendre si c'est pour être secoué comme ça. J'ai envie d'un peu de paix, aujourd'hui, d'un peu de calme, de souvenirs ASMR, du luxe qu'on avait de regarder du vide et de s'en réjouir, pendant des heures des niaiseries qui nous aplanissaient pendant que nous passions de vidéos suggérées en vidéos suggérées jusqu'à se perdre aux confins de la youtubêtise humaine. C'était le bon temps, celui où je ne valais rien, où jamais je n'aurais tenté de sauver la vie de qui que ce soit, où le rassurant cathodique m'éloignait de la réalité trop dure des blessures des autres.

Thomas pose sa main sur ma cuisse. Je pose ma main sur la sienne.

— Ça me dérange pas si on marche pas, aujourd'hui, dit-il.

Ce n'est pas à lui de me consoler. Pas à lui de voir ces horreurs et d'y survivre. Il devrait être en train de jouer à des jeux vidéo avec ses amis, de dessiner des sirènes, de se déguiser sans que ce soit l'Halloween, de courir jusqu'au dépanneur pour s'acheter un Mr. Freeze, de chanter plus fort que les autres dans la chorale de l'école.

— Ça va, Thomas ?

— Oui. Tu feras attention quand tu marches. C'est glissant. Je voudrais pas que ça t'arrive. Je saurais pas où mettre mes doigts.

le corps de matthieu vas mal
femme morte et toujours avec thomas

28 Jeux d'enfants (Hey Jealousy)

*

J'ai l'échine usée à la corde, plus aucun chemin pour mes éternels frissons. Je ne suis plus qu'une vibration. J'ai mal à la mâchoire, le ventre en purée et je n'entends plus que d'une oreille. Je suis cette voiture sur l'autoroute, le silencieux attaché avec une ficelle, qui traîne sur l'asphalte, un amortisseur défoncé, du duct tape sur une lumière, un trou de rouille qui permet de voir les passagers à l'intérieur, une porte de la mauvaise couleur, un nuage de fumée bleue, un autre de fumée noire, et pourtant, elle roule. Et pourtant, je marche.

Thomas a commencé à tousser.

*

Nous nous sommes arrêtés dans un village désert, vraiment désert cette fois, nous avons vérifié. Aucun peureux caché dans une tranchée, aucune malade enfouie sous un lit, pas même les restes d'un squelette à moitié rongé par les chiens. Ce village a dû être déserté dès les premiers jours. Peut-être même avant, il y en avait des comme ça. Nous sommes seuls, Thomas et moi, dans ce patelin qui n'a rien à nous offrir, pas même un toit, pas même un fond de garde-manger. Il ne nous sert à rien de rester, il y aura mieux plus loin.

Thomas s'immobilise un instant. Ses paupières s'ouvrent comme deux parapluies un soir d'orage, s'envolent à la vue d'une structure de jeux près de ce qui était l'église. Il n'y reste que la balançoire, chancelante, perforée de partout, ne tenant debout que par la force du bon Dieu, une prière placée pour elle juste avant l'exil. Mais Thomas n'a que faire de l'état général de l'objet.

— Je vais me balancer. Ça fait longtemps.

Il ne sourit pas, il ne sourit jamais, mais dans son visage et dans sa voix je perçois l'enthousiasme de celui que je ne pourrai pas dissuader. J'essaie quand même.

— Ben voyons, Thomas. Elle est toute… Elle va… Elle tient à peine debout.

— Toi aussi, pis tu marches quand même.

À une certaine époque, cette balançoire était un modèle de luxe, ça paraît. Le Concorde des jeux d'enfants. Combien de petits se sont envolés ici, ont crié qu'ils iraient jusqu'au ciel ? Combien de petits ont demandé à leur parent de les pousser encore plus fort ? Combien de parents se sont demandé si c'était possible de pousser trop fort, si physiquement la balançoire pouvait faire un trois cent soixante et tuer leur progéniture ?

Elle a perdu de sa superbe, depuis. Ses montants de métal troués par la corrosion. Sa planche de bois verdi, mou comme de la pâte à pain, ses chaînes rouillées, aux mailles si minces que la lumière les transperce, ses roulements à billes morcelés. Mais rien de tout ça n'impressionne Thomas. Il s'installe sur la planche, se donne un élan. Les jambes vers l'avant, les jambes vers l'arrière, bientôt il monte si haut que j'ai moi-même le tournis, ça grince, ça plie.

Puis arrive ce que je n'osais plus espérer : Thomas rit. Lui qui n'avait même pas dessiné un brouillon de sourire depuis que je le connais, le voilà qui rit de bon cœur. Il est, pour la première fois, un enfant.

Je devrais me réjouir, m'attendrir de voir l'extase de ce petit être avec qui je partage toutes mes minutes, et pourtant, le sentiment qui m'envahit est tout autre. J'ai peur. J'ai peur qu'il tombe, qu'il se blesse, qu'il paralyse, qu'il s'estropie. J'envisage les pires scénarios, un montant qui lâche, un morceau métallique dans son œil, la chaîne qui s'enroule autour de son cou. Plutôt que d'être heureux pour lui, j'ai peur pour lui.

C'est à ce moment que je comprends.

Je suis quelque chose comme son père.

*

Toutes les femmes de mon histoire ne lui arriveront jamais à la cheville.

thomas et Matthe arrive dans un village. thomas se balance et réalise qu'il aime thomas.

29 Douze

*

— Je suis tellement désolé, Thomas.

— C'est correct. On le savait, que ça viendrait.

— Mais quand même... Je voulais pas que tu...

— C'est ça qu'on attendait, non ?

— Oui. Je suppose.

— Alors c'est correct.

Ce petit sage aura passé tout son temps à être plus grand que moi. Il serre ma main plus fort que d'ordinaire. Nous marcherons encore un peu, puis je m'arrêterai au bout de mes forces. Quelque chose comme son père n'en a plus pour très longtemps.

*

Je ne sais pas s'il s'en rend compte, mais en marchant, malgré l'inconfort de la position, il penche la tête pour qu'elle s'appuie contre mes côtes escarpées. Je ferme les yeux, il me guidera.

— Comment tu sais ? demande-t-il.

— Que je vais mourir ?

— Oui.

— C'est dur à expliquer. Ça fait mal. Plus que d'habitude. Vraiment plus. Mais c'est pas ça. C'est comme si mon cerveau avait reçu un coup de douze. Tu sais c'est quoi, une douze ? Ça tire plein de petites balles éparpillées d'un seul coup, tu comprends ? Plein de balles qui me disent que c'est fini pour vrai, cette fois-ci.

— Je comprends, mais je comprends pas.

— Tu veux pas comprendre…

— Oui, c'est ça.

Je ralentis le pas, je m'arrête. Je m'agenouille devant lui. J'ouvre les bras, il se lance contre moi comme si c'était ce qu'il attendait depuis le début, depuis les semaines qu'il avait passées à me suivre de loin, que j'ouvre les bras pour qu'il me plonge dessus. Je dépose un baiser sur son crâne pendant qu'il me serre avec une force que je ne lui connaissais pas. Je le serre à mon tour à l'en étouffer.

— Je t'aime, Doux.

Il ne me lâche pas, parce que quand il me lâchera il partira, loin, ailleurs, loin de moi. Avant que je meure, il partira.

— Je vais m'en aller. Je veux pas être là quand ça va arriver.

— Je comprends, Thomas. J'aurais aimé ça que ça se passe différemment.

— On le savait que ça serait comme ça.

— J'aimerais que tu restes, mais je te retiendrai pas.

— Je veux pas voir ça.

— L'autre jour, t'as vu une femme mourir au bout de son sang, et ça t'a rien fait…

— Elle, je la connaissais pas.

— Oui, mais…

— Elle était pas toi.

Plus grand que moi.

Toujours plus grand que moi, jusque dans nos adieux.

*

Ce coup de douze dans mon cerveau. Si j'avais devant moi celui qui tient l'arme, celui qui a appuyé sur la détente, celui qui m'a visé la tête, je le broierais en pleurant, en criant qu'il n'avait pas le droit, pas maintenant. Pourtant, je savais qu'il tirerait. Pendant longtemps, j'ai voulu qu'il tire. Il aurait pu le faire avant, ça ne m'aurait pas dérangé. Mais maintenant, non.

Thomas s'éloigne. Je m'assois par terre pour le regarder disparaître. Il se retourne plusieurs fois, les yeux doux si tendres, un sourire, enfin un sourire. Quelque chose comme mon fils. Il rebâtira le monde à lui seul, j'en suis sûr. Thomas s'éloigne et je me calme. Il est serein, trop serein, c'est pour moi qu'il fait ça. Il s'écrasera en larmes beaucoup plus loin, quand je ne pourrai plus le voir ni l'entendre.

thomas part pcq il sait que Matthieu va mourir et il ne veut pas voir ça

30 Et maintenant (zéro)

Je perçois le bruit des vagues, l'entends-tu, Thomas ? Je me serai rendu jusqu'à la côte. Je te l'avais dit, que j'y arriverais. Tu ne voulais pas me croire, mais je pense que c'était juste pour me pousser à y arriver. Si tu n'avais pas été là, je n'entendrais rien présentement. Je me serais arrêté cent kilomètres plus tôt, je me serais couché sur le dos, j'aurais rêvé d'un ciel étoilé et je ne me serais jamais relevé.

Mais tu étais là.

Si tu n'avais pas été à mes côtés, je n'aurais rien appris, non plus. Je serais encore en train de me demander si ce que je cherche vraiment, c'est une fille avec qui faire le sexe ou une fille à aimer. C'était mon choix de réponses, mes deux cases à moi. Si je ne cochais rien, il ne restait que la solitude.

Je marche toujours aussi lentement, tu sais. Je pense qu'il me reste une petite heure avant de toucher l'eau. Ce sera une belle fin, tu ne trouves pas ? Le bord de la mer, les vagues, mes soupirs qui se mélangeront à ceux de l'océan. Je suis triste que tu n'y sois pas.

Je t'aurais montré comment on construit un château de sable. Je t'aurais expliqué ce qu'étaient les algues. Je t'aurais dit de ne pas boire l'eau salée. Je t'aurais dit de faire attention aux méduses, juste là. Tu m'aurais répondu que tu sais déjà tout ça.

Que tu sais déjà tout ça.

Tu vas me manquer quand je serai mort.

Tu le sais, ça ?

riussi a répondu Noée, la fort grace à thomas.

31

Y a du vin blanc dans le frigo, c'est un fond de bouteille mais c'est du bon, gênez-vous pas, moi, le blanc, ça m'écœure

✳

C'est presque la nuit et la lune pour une rare fois se manifeste derrière les nuages. Un frisbee fluo pris dans les branches d'un arbre, flou et pâle, à peine la lumière pour que je voie mes doigts. Mais il y a le sable à mes pieds et les vagues qui m'éclaboussent. Je dormirai ici. J'attendrai demain pour mourir.

✳

Je m'étais bâti l'idée au fond de moi que je serais le seul à m'être rendu jusqu'ici. Que ma destination balnéaire était originale et que la plage m'appartiendrait, à moi tout seul, king of the ocean, chaque grain de sable consacré à mon épilogue à moi. Je m'étais trompé, bien sûr. Je suis le seul humain vivant, mais la plage est jonchée de cadavres que dépècent des vautours. Quelques loups. Un coyote, pas le mien. Au loin, un chien, peut-être Edwin.

Au pied des vagues, des centaines de bouteilles vides roulent et déroulent, tout l'alcool bu dès le début, du scotch, du rhum, du vin blanc, de la vodka, et jetées partout, n'importe où. D'autres déchets, aussi, mais ce sont surtout les bouteilles qui occupent l'espace, comme si elles faisaient partie de l'eau, comme si elles étaient le sel de la mer.

Tout mon être est brisé, je traîne mes mille miettes jusqu'au rebord du monde. Là, je ramasse une bouteille de vin. Il y a des papiers à l'intérieur. Je l'ouvre, je lis.

« Nous étions sept. Deux adultes, trois enfants, deux adolescents. Puis nous étions six. Nous avons enterré le premier dans la cour arrière, près du potager. Nous avons pris notre temps. Nous avons prié. Nous lui avions mis sa chemise préférée. Puis nous étions cinq. Nous avons enterré le deuxième juste à côté du premier, mais nous n'avons pas changé ses vêtements. Nous pensions que nous avions moins de temps. Puis nous étions quatre. Nous avons enterré mon mari dans le potager, là où la terre était la plus molle. Nous l'avons à peine recouvert, juste avant de partir. Nous avons pensé que si nous partions nous laisserions la maladie derrière nous. Puis nous étions trois. Nous n'avons pas enterré le suivant. Nous l'avons laissé derrière nous, au pied d'un arbre. Puis nous étions deux. Un autre laissé derrière. Puis, moi seule.

Ils étaient Samuel, Eliot, Marc, Camille, Anne-Sophie et Louis.

Je suis Myriam. »

Je replace ces mots qui ne m'appartiennent pas dans la bouteille, j'y fixe le bouchon et je la lance le plus loin possible, pour qu'elle se rende à quelqu'un d'autre. Leur histoire mérite d'être lue.

Je ramasse une autre bouteille, de rhum cette fois. Une autre histoire, une autre famille, de la naissance des enfants à la mort de la mère. Une autre bouteille, un autre message. Une lettre d'amour, cette fois-ci. Et dans celle-là, le récit du voyage d'un jeune homme pour sauver sa sœur.

Toutes ces bouteilles, toutes les vies qu'elles contiennent, s'échouent à mes pieds comme si j'avais le temps de les lire. Je range les messages que j'ai lus dans leurs bouteilles et je les remets à l'eau. Ces histoires appartiennent à la mer.

*

Je marche près de l'eau à la recherche d'une bouteille vide. Je n'ai plus envie de lire les testaments des autres. Ce que je veux, c'est donner le mien. Enfouir ce roman dans une bouteille et que personne ne la trouve, sur une plage loin d'ici, qu'elle s'échoue comme du bois mort et qu'elle s'enfouisse si profondément dans le sable que même les animaux ne sauront jamais que mon histoire a existé.

Je ne trouve pas de bouteille vide. Il y a toujours une lettre, une carte postale, un récit, des morts. J'abandonne mes recherches et je m'assois sur la plage. Ce roman s'éparpillera n'importe comment.

J'attends.

Comme Thomas, j'attends.

Matthieu est sur la plage avant de mourir et lis les histoire des autres.

~~31~~ 32 Antoine

J'ai longtemps cru que la somme de mes peines d'amour définirait mon histoire, que ces douleurs accumulées dessineraient la silhouette de mon cadavre, que si je croisais dans la rue le gars qui m'a présenté ma première blonde je le frapperais.

J'ai longtemps été épais.

Il s'appelait Antoine et s'il ne m'avait pas présenté Mélanie, à l'école secondaire, rien ne se serait passé de la même façon, effet papillon et autres niaiseries. Ç'aurait été une autre fille, une autre fois, bien sûr. Ç'aurait été dur, douloureux aussi. Mais je n'aurais pas eu de relation avec Julie. Je ne me serais pas retrouvé seul avec Maude, dans cette maison, le Jeudi Cinq. Je n'aurais pas connu la Voix, et tous les autres. Le coyote. Laila. Thomas. Surtout Thomas.

Ma fin du monde aurait été la fin d'un autre monde. J'aurais peut-être passé les dernières années dans un condo à Laval, à consoler mon épouse pleurant la mort de son chihuahua. Ou j'aurais été coincé dans un ascenseur et je serais mort au bout de trois jours.

Mais j'ai vécu la mienne, ma fin du monde, et elle était pleine d'amour, au-delà des filles. Pleine de frôlements, de silences qui valaient plus que les mots. Pleine d'une vie parfaitement douloureuse. Pleine d'une beauté juste assez poussiéreuse.

Il parle à soi mort sans dépendance de qui il avait rencontrer.

FRANCINE BRUNET
STANKÉ
LE NAIN

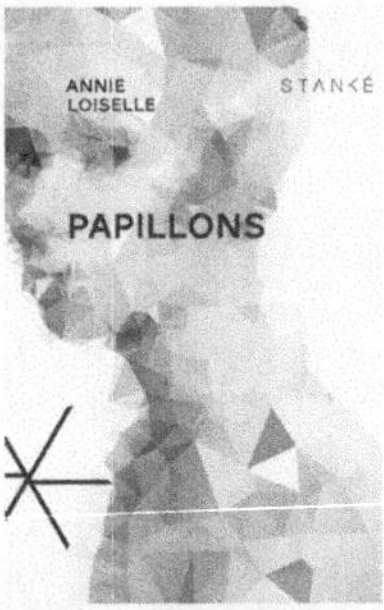
ANNIE LOISELLE
STANKÉ
PAPILLONS

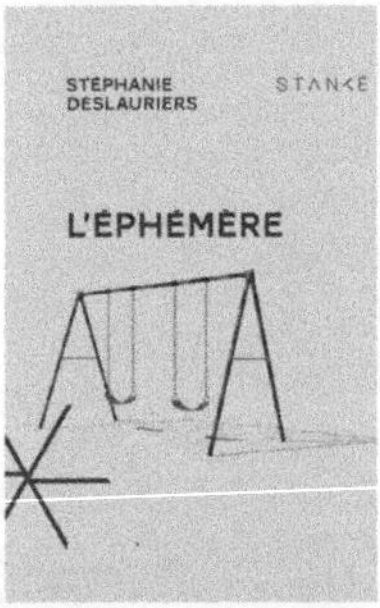
STÉPHANIE DESLAURIERS
STANKÉ
L'ÉPHÉMÈRE

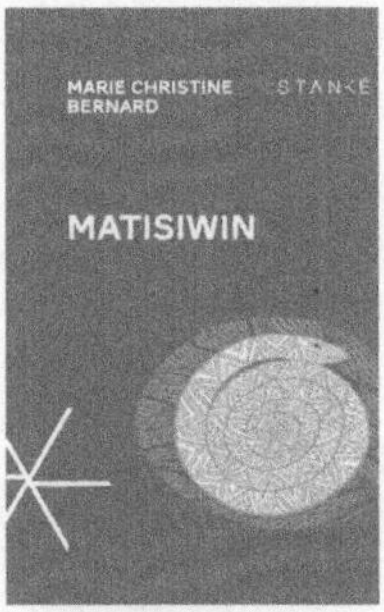
MARIE CHRISTINE BERNARD
STANKÉ
MATISIWIN

DAVID GOUDREAULT
STANKÉ
LA BÊTE À SA MÈRE

MARIE EVE GOSEMICK
STANKÉ
POUTINE POUR EMPORTER

STÉPHANIE DESLAURIERS
STANKÉ
LA TRAHISON DES CORPS

ANNIE LOISELLE
STANKÉ
CONCERTO POUR PETITE NOYÉE

FRANCINE BRUNET
STANKÉ
LE GÉANT

DAVID
GOUDREAULT
STANKÉ
LA
BÊTE
ET SA
CAGE

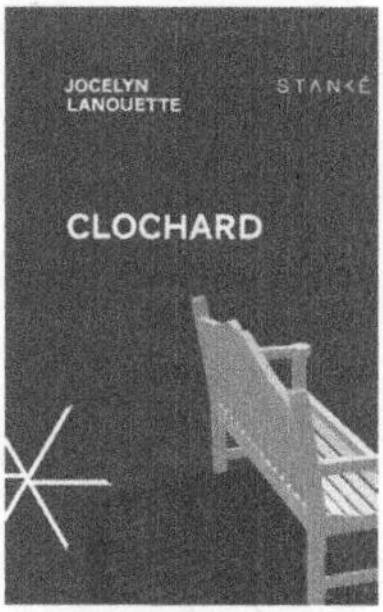
JOCELYN
LANOUETTE
STANKÉ
CLOCHARD

JOSEPH
ELFASSI
STANKÉ
LE PRIX
DE LA
CHOSE

MANU
MILITARI
STANKÉ
LE SOURIRE
DE LETICIA

SEVRYNA
LUPIEN
STANKÉ
JE NE SUIS
PAS DE CEUX
QUI ONT
UN GRAND
GÉNIE

MATTHIEU SIMARD
STANKÉ
ÇA SENT
LA COUPE
NOUVELLE ÉDITION AUGMENTÉE
PRÉFACE DE
LOUIS-JOSÉ HOUDE

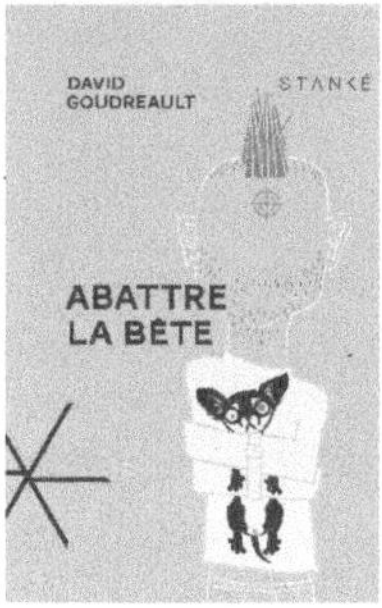
DAVID
GOUDREAULT
STANKÉ
ABATTRE
LA BÊTE

JOSEPH
ELFASSI
STANKÉ
LA POUDRE
AUX YEUX

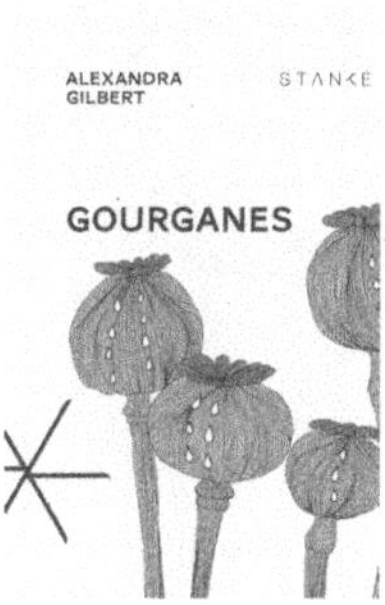
ALEXANDRA
GILBERT
STANKÉ
GOURGANES

MARIE CHRISTINE
BERNARD
STANKÉ
POLATOUCHES

FÉLIX
VILLENEUVE
STANKÉ
PLOMB

DAVID
GOUDREAULT
STANKÉ
LA BÊTE
INTÉGRALE
PRÉFACES DE
KIM THUY
MANU MILITARI
FRED PELLERIN

DAVID
GOUDREAULT
STANKÉ
TA MORT
À MOI

HUGO MEUNIER
STANKÉ
LE PATRON

B: La source

- lieu de rencontre
- eau fraiche/source d'eau
- font pousser des choses p.33
- beaucoup de monde à la source
- tout le monde la bus est très sale
- proche de la rue papineau
- causé par un cratère
- rempli d'eau pure et propre
- le monde parlent peu
- beaucoup de contact humain (se flatte. sexe...)
- Matthieu est aller à la source après 3 mois
- « party » au début avec alcool SAQ

Restez à l'affût des titres à paraître
chez Stanké :
facebook.com/editionsstanke

stanke.ca

Cet ouvrage a été composé en Fournier 12,5/14 et achevé d'imprimer
en septembre 2021 sur les presses de Marquis Imprimeur, Québec, Canada.

100% PCF BIO GAZ ÉNERGIE PERMANENT

Imprimé sur du papier 100% postconsommation,
fabriqué avec un procédé sans chlore et à partir d'énergie biogaz.